秦颖 著

貌相集

影像札记及其他

三联书店

图书在版编目（CIP）数据

貌相集：影像札记及其他／秦颖著．—北京：生活·读书·新知
三联书店，2016.5
ISBN 978 – 7 – 108 – 05434 – 0

Ⅰ．①貌…　Ⅱ．①秦…　Ⅲ．①散文集－中国－当代
Ⅳ．①I267

中国版本图书馆 CIP 数据核字（2015）第 182118 号

特邀编辑　吴　彬
责任编辑　王　竞
装帧设计　薛　宇
责任印制　徐　方

出版发行　**生活·讀書·新知 三联书店**
　　　　　（北京市东城区美术馆东街 22 号 100010）
网　　址　www.sdxjpc.com
经　　销　新华书店
排　　版　北京金舵手世纪图文设计有限公司
印　　刷　北京市松源印刷有限公司
版　　次　2016 年 5 月北京第 1 版
　　　　　2016 年 5 月北京第 1 次印刷
开　　本　635 毫米 × 965 毫米　1/16　印张 15.5
字　　数　208 千字　图 61 幅
印　　数　0,001 – 5,000 册
定　　价　45.00 元
（印装查询：01064002715；邮购查询：01084010542）

目　录

序

　　俗话说人不可貌相，意思是说以外貌评判一个人并不全面。本书以图片加文字的方式互相发挥，取名"貌相集"，既是想指明图片或文字自身的局限，也是想强调这只是我的视角、我的看法，而非全面深入地研究和展示。

　　这本书出发的原点是镜头。不记得是哪位摄影家说过：照片本身就是一个事件，一种经历，而不仅仅是对照相机前所发生之事的记录。但照片作为视觉"真相"，带有浓厚的主观色彩。我珍视这些照片，它记录了作者生命中的一个瞬间，也多少保留了部分环境、生活、岁月留下的个性化特征。书中的文字记录了我与这些人物的交往，无论是一面之缘，还是持续几十年的忘年交，对我都是珍贵的记忆。希望这一组文字，能拓展镜头的视角，将照片的主观视觉深化，从某个侧面展示他们的性情、修养、学问，等等。

　　美国出版家舒斯特说过：编辑不仅仅是一个充实人生的职业，编辑本身也是一种人文教育，你因此有机会和当代最有创造力的一群人认识，结交作家、教育家以及各种各样具有影响力的人物。你等于在修一门你愿意付费的终身学习课程，不同的是，你修课的时候不但领薪水，而且还可以在知识和心灵上得到充实和满足。这组图片和文字可以作为这段话的注脚，它对我的意义则是：这是我编辑生涯，特别是主持《随笔》杂志几年的部分答卷。

　　从业近三十年，认识、结交的文化界、思想界、文艺界、学术界、科学界人物无数，跟他们的交往，成为我人生难忘的经历。还在七八年前，友人见我积累的肖像摄影颇可观，建议我将照片整理出来，配上文字出版。从《随笔》离任时，就想启动这事，还给一些作者写了信。不想杂务繁多，加上天性拖沓疏懒，使得这事一拖经年，直到二〇一一年才开始陆续整理资料，包括二十余年编辑生涯留下的零散记录和通信。二〇一二年年初开笔后，并不顺利，许多篇什从资料准备到写成，几经打断，反复重来，个别篇什前后拖沓一年有余。父亲知道我的懒散，总是以很委婉的方式提醒：抓紧时间写。但几年下来陆续写得的也仅四十余篇。还是听从了友人建议：将现有的篇什结集，其余的慢慢来。于是有了现在的集子。

　　本书收录了我拍摄的何兆武、朱正、钟叔河、王元化、何满子、周有光、舒芜、贾植芳、严秀、流沙河、李普、李学勤、黄裳、萧乾、牛汉、宗璞、莫言、杨宪益、葛浩文等四十余位学者、出版家、作家、翻译家的肖像作品，并撰写了影像札记。全书依姓氏笔画排列，肖像作品原则上一人一图，另外适当收录有特别意义的合影，图片总计约六十幅；文字部分，短不足千言，长则近万字，随兴而至，尽兴即止。

　　是为序。

秦　颖

2015 年元月 4 日

王元化

不知道为什么，给王元化先生拍摄的一组照片中，我总觉得这一张有说不清的丰富：紧闭的双唇，瞪大的眼睛，不太轻松的神情，还有后面的鼎，投在墙上的影子，隐约可见的缠绕的连线……所有这些似乎都在展示作为思想者、学者、政治家的王元化。

多年前我跟朱正先生一起编"思想者文库"，在拟定第一辑作者名单时，首先想到的是王元化先生。收到我们的约稿信后，王先生回复道：作品大多已经结集出版，手头没有新作，不主张重复选编。当时拜识王先生并当面聆教的机缘尚没成熟。

2004年年底，我到《随笔》后，更加关注王先生的文字动态，在《新民晚报》偶尔可看到他的一些文章，暗下决心，一定要想办法请到他再为我们写稿。2005年4月准备到上海拜访作者，行前作了一些准备，给王先生写了一封信，表示要登门拜访。抵沪后的4月18日晚，用手中那个多年前的电话号码试着拨通了电话，得知王先生常住庆余别墅，并建议第二天上午打电话过去约见。第二天下午三点，按约好的时间，我们准时到了庆余别墅。

王先生住一个套间，敲门进去，他坐在外间客厅靠窗的环形扶手靠椅上向我们打招呼。我们在他对面坐下。王老很热情，谈到广东和湖南的一些老朋友，谈到当年在湖南教育出版社出版的《新启蒙》丛刊惹了一些麻烦，让李冰封先生受累，很过意不去。这是王元化先生真情的流露。

20 世纪 80 年代的思想解放，乃至一直持续到世纪末的思想启蒙，王元化是不能绕过的人物。办《新启蒙》是他用力甚大、付出极多的一件事。据魏承思先生的回忆："大约在 1988 年年初，一次在先生家中聊天时……他提议我们自己来办一份读物，仿照 1950 年代的《新华活页文选》，每一辑三两篇文章，不要封面，低成本低售价地发行。这份读物既不是时评性的，也不是纯学术性的，而是从文化角度来探讨具有现实意义的问题。"

"新启蒙"在王元化先生这里还有一层意思。办《新启蒙》时，是王先生思想发展的第三个阶段了，他反思的主要问题是：启蒙思想到了后来形成了一种倾向，就是过分相信理性的力量，过分相信人的力量，缺乏一种怀疑精神。王先生故世后，他的学生整理了《王元化谈话录》，王先生说："人的认识是一种真实的反映论吗？我怀疑。我觉得人类认识，不是一个绝对的东西，这是我的最根本的一个命题。所以我觉得这个启蒙学派，把他认识到的就认为是一个绝对真理，他认为就是他掌握了。他一旦掌握了绝对真理，他就非常大胆和独断，因为他不是为了个人的一个东西，他是为了真理，做出很残暴的事情。这是我的第三次反思的核心。"

话题转到了《随笔》，自然要向他索稿。王先生说身体不好，尤其眼睛不行，已经写得很少，偶尔有些短文，在《新民晚报》上发，也是通过口述，别人记录，然后念给他听，再反复修改。大概是先生有感于我们的诚意，谈话间提及手上正好有一篇《谈〈四代篇〉》，千五百字左右，过几天还会有一篇，若《随笔》想用，可拿去放在一起发，只是前一篇《新民晚报》已拿走，不知何时刊登，担心坏了《随笔》首发的规矩。当时离第三期出刊不到二十天的时间。我当即表示，我们要了，可以把后一篇作为主体，加上发表的时间很近，覆盖的读者群体也不一样，即使是晚报在我们前面出来，也不能说是破坏了首发原则，不会造成一稿两投的印象。于是，2005 年第三期上，有了久违的王元化先生的文章:《清园随笔二则》。

他起身取了一本《思辨录》送我。我知道,谈了这么久,王先生已经累了,得告辞了。征得他的同意,我拿出照相机拍照。时序还是早春,天黑得早,近5点时分,室内已经相当昏暗。王先生在原位坐好,我来不及细想,用闪光灯的反射光,拍了十几张。拍完了,王先生说有一个朋友给他拍过一张,他比较喜欢,拿出来给我看,说如果要用可拿去。2005年第三期开始,《随笔》试着在文章中发一幅作者近影,我给王先生拍的一幅用在了文中。在之后《随笔》作者的走访中,这张照片被不少老先生提及。

回来翻看《思辨录》,知道其中摘编了先生六十年来陆续所写的文字,内容涉及思想、人物、历史、政治、哲学、宗教、文艺、美学、鉴赏、考据、训诂、译文校订等各个方面。这已是第四次编订,"内容增加了将近一半,全书收文三百七十七则,要算各个本子中收罗最全的一个本子了"。先生将之作为"定本","因为按我的体力、精力来说,今后不可能再写出更多文字,再作新的增补了"。这是一生思辨的精华,先生送我此书,当是对我这个"新手"的鼓励,同时也寄予了厚望。

王先生热情、平易、亲切、睿智,侃侃而谈中,话题总是自然地转换、连接,作为晚辈没有感到任何压力或担心。此时不禁想起了《清园自述》中王先生回忆与林毓生先生交往的一段描述:"我陡然对他萌生了好感,我不知道这是不是由于他在谈论中,所显示的那种处于自然的对人平等的态度,这是许多人不容易做到的。因为那些人往往不自觉地流露出一种使人慑服,对人考量,或向人炫耀的居高临下的态度。……人类的感情是微妙的,你对一个人的好感,往往不是对这个人经过了审慎的衡量或理性分析,而是凭借着他所说的某些具有个性特征的话语,或在他脸上流露出来的某种情绪,它们好像是他心灵的窗口,把他内在的人格全部呈现在你面前,而这一切多半是在你还来不及思考的一瞬间发生的。"这段话好像写的就是我这次拜访的感受。

2005 年 8 月再次去上海时，自然有了再次拜访。抵达上海后，往庆余别墅王先生的房间打电话，没人接听。前一天在拜访何满子先生时，听他说过王先生没离开上海。再打电话到前台一问，才知先生住院了。通过电话探问，得知住瑞金医院 9 区 811 床。我们第二天去拜访时，王先生正躺在床上输氧。见我们到了，马上拔了输氧管，坐起来聊天。

王先生谈到当年《随笔》第四期，认为刊物办得不错，有勇气，内容上还有一些新变化；文章有力度，而且推出了一些新人。他特别提到何兆武先生第四期上发表的《纪念清华国学研究院八十周年感言》，国学研究院短短四年，导师四位，学生先后不过百人，其成绩支撑了文化转型时期我国精神文明与学术思想的半壁河山。当谈及文中感叹羡慕现在的学者有条件可以认真做一些自己感兴趣的工作时，我提起了多次听何先生说过的一句话："这一辈子都在打杂，没有完整的时间做自己的事。"王先生接话道："这不是哪一个人的问题，这是时代的问题。我们这一代人始终被各种运动、任务、工作驱遣，不能尽心做学问。"

因为口述自传在当时颇流行，我问王先生有没有想过写一本口述自传。他说做过，但没法做成，失败得很。最近香港凤凰电视台还在约做节目，婉谢了。"他们说我口才不错，为什么不做？因为我的口述变成文字后，很糟糕，很不堪。我个人对文字的要求很高，喜简朴，不尚华丽。而我是个笨人，写的文章在人家看来不错，很流畅，但我从来都不是一气呵成，而是反复改出来的。当然有时写一个什么长文，会有顺畅的时候，但总的说来是反复修改的结果。做文章前，先要定调，高了低了，唱起来就会走样，而要定准调不容易。我眼睛右眼失明，左眼能看一点点，根本不能阅读。试过几次口述，做出来都失败得很，我不能忍受，所以只好作罢。广西师大出版社出版的那本《清园自述》，是根据日记整理的。"王先生善解人意，对我们的到访，表示感谢，同时又表示歉意，说现在无法写文章了。但他却将《随笔》放在了心上。不久之后，王先生的助手蓝云女士用电子邮件给我们发来了两篇稿件，发表在当年第六期：《谈老年之爱（外一篇）》。

与王先生的接触，对我个人还有另一重影响。"文章不厌百回改"是小时候家父教我们兄妹俩作文时常说的话。但我总觉得，别人的文章好像都是一气呵成。以后的读书和工作，也没有遇到过哪位大家将自己的写作习惯和盘托出。有一次拜访朱健先生，他谈到胡风先生写文章前，总是沐浴更衣，然后静坐思考几天。一旦提笔，几万字，几十万字一气呵成。王元化先生"喜简朴，不尚华丽"的文风和"反复修改"的写作方法让我感到亲切的同时，也增添了写作的自信。

2013 年 2 月

王养冲

2006 年，华东师大历史系编了一册王养冲先生百岁华诞献寿文粹《下笔须论二百年》，封面和扉页都使用了我拍的这张照片。熟悉王先生的同学、朋友说，照片将王先生的学者风范和刚柔相济的个性展露无遗，让我很有些成就感。

王养冲先生是法国史研究会的创始人之一，曾任副会长和名誉会长。印象中，他没有给我们 1980 级开过完整的专业课，大概在老师们轮流执讲的史学理论选修课中，讲过两节，印象不深。1984 年大学毕业，我考上郭圣铭先生的研究生，专业方向是西方史学史。读研期间，王先生给我们开了一门课：西方近代社会思想史。于是有机会登堂聆教，较多地接触了先生。

王先生有谦谦君子之风，讲课音调平稳。他讲课是那种平实质朴的方式——轻易不离开讲稿，静心听下来，内容却是特别的充实；略显平淡的授课，有时会因他的一番感慨，几句评论而起微澜，给我们留下很深的印象。如谈到"文革"中，他被迫将家里收藏的大量西文书当废纸卖掉，很是心痛，指着我们手里的笔记本说：那些书拿去化了浆，大概都成了你们手里的笔记本也难说。对这个细节，和声学兄的记忆特别深。当时，研究生还有一点特权，可以进入外文书库翻看图书，华东师大的外文旧书多半来自创办于前清的圣约翰大学图书馆和民国时期一些私立大学的图书馆，馆藏丰富。和声兄多次提到，在书库翻阅西文书

时，发现许多图书后面插着的借书卡上，几乎都有王先生的签名，有些专业性强、从来读者寥寥的书后则只有他的签名。这故事可作王先生这番感慨的注脚。

在我看来，先生课堂上随意评点、有感而发的议论是他心灵的一扇窗，由此我们多少可窥见王先生内心世界的一角。记得有一回在介绍一位思想家时，谈到他著作颇丰。王先生忽然话锋一转：他著作等身，而我连等鞋也等不了。

讲这话是在 1985 年。从"献寿文粹"后附的王先生的著译目录看，先生的成果，在这个时候还基本上是论文、讲义、译稿、译件、讲座教材、以翻译组名义出版的译书、未刊行论著等等，尚无一部专著正式出版。

对早岁意气风发，中年备受磨难，古稀之年才学术喷发的王先生来说，不难掂量出这句话的悲凉。

王先生 1907 年出生在江苏省南汇县（今属上海浦东新区）一户贫困人家。读完初小因家境艰难，过了两年才得以升入高小，毕业后还是被迫辍学。他不仅天资聪颖，而且勤奋刻苦，据说，跟翻译大家傅雷是同学，班上考试，常常是他第一，傅雷第二（我们读大学的时候，《傅雷家书》流行，这个故事在同学中流传）。成绩出众，特别是国文基础扎实，写得一手好文章。从十五岁起到小学任教贴补家用。在"五四"精神影响下，开始撰文针砭时弊，颇得关注，二十一岁被推荐为胡汉民（时任国民政府立法院院长）的私人秘书。可谓少年得志。

1936 年，胡汉民病逝后王先生赴巴黎求学，1941 年获巴黎大学文科博士。旅居巴黎十年，博览群书，通晓了法语、德语，并能熟练运用英语等多种语言，在西方哲学、历史等领域涉猎颇深。抗战胜利后，回国任复旦大学社会学系教授。1949 年后的思想改造运动中受到严厉批判。1952 年院系调整，调任华东师大历史系教授。1957 年的"反右"逃过一劫，1958 年的"反右补课"仍没能幸免，著述不能出版、书稿被退、稿约被废。"文革"中，讲稿丢失，被指派做的翻译工作也无权署名。《拿破仑书信文件集》是仅剩的私货，在"文革"后方署名出版。1979 年得到平反，虽时年已过七十岁，长期被压抑的研究写作热情终于迸发，有分量的论文如：1979 年的《拿破仑研究的演进》《关于法国资产阶级大革命分期的若干问题》；1982 年的《论法国大革命编纂学中的进步传统》；1984 年的《十八世纪法国的启蒙运动》等接二连三发表，但专著的出版还要到十多年之后。1996 年，他解放初期曾讲授过，三十多年后重执教鞭又再次讲授的《西方近代社会学思想的演进》方正式出版。主编的《法国大革命史》也在 2006 年问世。

王先生胸怀大志，却因生命的前四十年国破家危，时局动荡而漂流异国；后又三十年折腾不断，才华不得施展。淡淡的一句"著作不能等鞋"，倾泻的是先生心中强烈的苦楚和伤感。

毕业后，一直想拜访王先生，总未能如愿。2005 年，通过王先生的哲嗣令愉兄安排，看望了先生。那天，令愉兄把我让进客厅后，没敢贸然打扰，我们坐着聊天。先生知道我到了，拄着拐杖从内屋穿过走廊来到客厅。我提出拍照要求后，先生按我的指引从容入座，两眼望着镜头。后来，我看到王先生各年代的照片，任胡汉民私人秘书时、获巴黎大学文科博士学位时，在上海做复旦大学教授时，以及八十九岁留下的标准照，这目光、这眼神一以贯之，坚韧、自信、沉着。

2013 年 11 月

牛　汉

　　从照片簿上确认了第一次去拜访牛汉先生的时间：2005 年 9 月 5 日，上面只留下了四十几个字的简单记录：电话预约时，就聊了不少时间，牛先生说身体不好，老伴长年生病要服侍，但很欢迎去。

　　希望找到多一点的细节。找出日记本，翻到那一天的记录，却是空出来的一个白页。也难怪，只要出差，通常是两个正餐加上上午、下午、晚上五节时间都满满的。回到酒店，常常是晚十一点多，又累又困倒头就睡。记录大多是抽零散的时间，往往比较简单，或在回程的飞机上补记。

　　但那一天留下的印象却非常深：一米九的高大身躯，热情奔放的老人，不时发出爽朗的笑声。拍照时，先生指着一张手摇蒲扇对镜微笑的照片说，好多年前有两个摄影师来，带了一大堆器材，还有灯什么的，我很喜欢这张。

　　他讲的几个故事也记忆犹新。

　　1937 年日本鬼子逼近他的家乡山西定襄县下西关。作为家里唯一的男孩，决定让他跟父亲先出去躲一躲。祖母连夜烙了很多饼，油用的很多，香喷喷的。一大早离家，走出村了，十岁的妹妹追了上来，将"祖传的"狗皮褥子塞给他，说是奶奶给他的。他的祖母有严重的风湿病，每年的冬春秋三季都离不开这张狗皮褥子，只有夏天才不用它。这一走竟是生离死别。这条褥子，在他冬天黄河落水后的高烧中救了他的命，后来多少个日夜，他靠这床褥子，度过了漫漫长夜。说到这，我发

现老人的眼睛有些湿润。

临走，牛汉先生送了我一本《空旷在远方——牛汉诗文精选》。回来翻看，《祖母的呼唤》呼应了我见面时的感觉："童年时，每当黄昏，特别是冬天，天黑得很突然……祖母身体病弱，声音也最细最弱。但不论在河边，在树林里，还是在村里的哪个角落，我一下子就能在几十个不同的呼喊中分辨出来'成汉，快回家来，狼下山了……'她的脚缠得很小，个子又高又瘦，总在一米七上，走路时颤颤巍巍的，她只有托着我家大门框才站得稳。久而久之，我家大门一边的门框，由于她天天呼唤我回家，手托着的那个部分变得光滑而发暗。天寒地冻，祖母的小脚时不时在原地蹬踏，脚下那地方渐渐形成了两块凹处。"还有一篇《打枣的季节》："我自小认为，祖母是个内心灵秀的女人，她常常说出一些极有诗意的话……'树上的枣子不能打得一干二净，要留十颗八颗。到下雪时，这几颗留下的枣子会出奇的红，出奇得透亮……一来看着喜气；二来冰天雪地时，为守村的鸟雀度饥荒。'"

这些描写，更加深了我对他这份感情的好奇和期待，希望他能写点东西给《随笔》。他说在做自述，可以从里面节选完整的段落给我们。回穗后，我在给牛汉先生的信中写道："您撰写回忆录的计划，希望能尽早动手……可选单篇在《随笔》上发表，另外我们还有一个计划，拟编一套'随笔文丛'，其中有一个分支系列叫'往事与随想'，您的回忆正可入此系列。"不知道什么原因，没能如愿。几年后，知道他的自述出版了，却一直没找到。在网上搜到部分，努力想找他离家那个早晨的片段，没有找到。难道在自述中漏掉了？2013年元月，去苏福忠兄家聊天，得知牛汉先生搬回来住了，屁股还没坐热，我就拉着福忠兄起身去牛汉先生家。临走，牛汉先生送了我们各人一套《牛汉诗文集》，精装的五大卷。回来，我在里面找他关于祖母的回忆，又得到一篇《祖母的忧伤》以及一些篇章中关于祖母的记忆，仍然没有关于狗皮褥子的文字。

终于借到一本自述,在里面记录了他离家的不少细节,跟我听到的大体一致,却又不完全相同:"妹妹飞快地跑到我跟前,对我说:'祖母让你回去一下'……我看见祖母眼里含着满盈盈的泪,但没有哭出声来……她用粗糙的手习惯地在我面颊上抚摸了一下,说:'快到大屋去,把炕头上的一个包袱带上。'……祖母怕我们在路上睡在露天的地里受风寒。祖母说:'出村之前,不要对你爸爸说。'他怕父亲不肯带。这张狗皮是我家前几年老死的那条狗的,毛长绒厚。……如果没有祖母的狗皮裤子,我们父子将别离,我们和家里的人不会再见面。"最近这次去牛汉先生家,我专门问过这个问题,他说:"狗皮裤子是我们祖传的,出来的时候祖母给我的。我已经离开家门了,祖母让我妹妹追出来给我带上……它一直跟我到了天水,最后也不知道在哪儿丢的。"

这里面的出入,一个是妹妹追出来,一个是狗皮裤子是不是祖传的,虽然不大,但我却耿耿于怀。我从牛汉先生关于童年散文的写作体会中找到了答案:"我的童年的散文的形式,回忆固然很重要,如果没有创造,而且是诗意的创造,我肯定写不出童年的生命。回忆只能提供一些模糊的背景,而我的童年世界是在写作过程中不断地敞亮和拓展出来的。""回忆童年是重新成长。不仅仅是回忆,没有几十年的大灾大难,就没有这一回的解脱,没有精神的伤疤就没有我的再生。"不知为什么,关于狗皮裤子的故事,我还是喜欢他讲给我听的那个。

第一次拜访时,牛汉先生还讲了一个故事,印象极深:"一次在胡风家聚会,芦甸说:'我是这么看您的:马、恩、列、斯、毛、胡。'听了这话,胡风坐在那里没作声,可见他是认可这话,是有些想法的。我猛地站了起来,当时我就退席了。还有几个人知道我的脾气,也跟着出来了。后来,胡风事件我第一个被抓,大概是想从我这突破。"这个细节在他的自述中当然没有漏掉,却多了一些过渡,如他是几分钟后说有事退席的,"拂袖而去"。

还有一个细节。那是 2006 年，我第二次去牛汉先生家。没有事先约，应门的阿姨不让我们进去，牛汉先生从里屋出来，把我们让了进去，书房还有两位客人。牛汉先生问："有什么事吗，要不另外约时间？"知道我们只是顺道来看看他就走，就说，"那就坐一会儿。"又对客人说："他们是突然冒出来的。"他对我说："寄来的照片收到，脸红扑扑的。我年轻时是热血青年，现在别人说我是热血老年。"牛汉先生很性情，童真未泯，想到什么说什么。照片泛红，原因很多，比如说底片过期，冲晒走样，色温差异等等，但我更相信：这也许是上天要助我更好地表现这位人虽老、血仍热的诗人。

其实那天我们又坐了很久，听他说了很多旧事。"有一次 XXX 在会上批评我，牛汉，你就是追求个性，追求小我。我当时就回敬道：'你的境界高，你追求的是大我，可追求大我的人都不是人。'"火暴的性情可见一斑。就像他祖母说的："你这脾气，真是个小滹沱河。"

牛汉先生以诗名世，晚年才开始写散文。我却偏爱他的散文，那里面总有一股充盈的气在游走，就像听他谈话，与他聊天，能感受他那元阳之气和丰沛的情感，随心脏的跳动而冲击奔涌，他的力量、躁动和节律，随着他的动作、表情、语气和音量喷薄而出，虽然他已是八十多九十岁的老人了。他说"诗和散文都是我的命"，一点都不夸张。

牛汉原名史成汉，蒙古族，1923 年 10 月出生在一个有文化传统的农民家庭，抗战初期流亡甘肃，由一米六的小个，长成了一米九的大汉。1940 年开始发表文学作品，以诗歌成名。经过几十年的风雨，牛汉先生的腿已经支撑不住铁塔般身躯了，站立起来都困难。

最近的这一次拜访，借他挪位置的机会，上前帮了一把，感觉到的却不是我在用力，而是那铁塔般的身躯传递给我的力量，不，仿佛那不是他的身躯，而是他的精神的分量。

2013 年 10 月

忆明珠

　　南京是《随笔》作者的重镇。我很相信一种说法，南京以学风严谨著称，没有海派的浮夸，也无京派的架势，只是实实在在的研究学问。可我到《随笔》后，南京似乎是个死角，总也没机会去。

　　2005 年，我已经到上海、北京各跑了两趟了，四川成都、湖南长沙等也去过，南京却是始终没安排出时间来。缪哲兄在南京师大读美术史博士学位，一直在邀约。于是 10 月份，在河北临城参加完全国散文联席会后，从石家庄飞到南京拜访作者。在南京的《随笔》老人中，似乎只有忆明珠先生了。范泓兄陪我和缪哲一起拜访了忆先生。

　　忆先生说，六十五岁以后就不写东西了。文章还是年轻的时候写得好，一写就浮想联翩。现在写东西，一就是一，不会有二。冰心晚年越写越短，就是这个问题。当然不是说文章短就不好，很多短文都很精彩，但不能一味地短，必须有内容。有时候，短了就会写得没趣味。我们这一代人先天贫血，不像三四十年代出道的作家，都会外文，中西都通。我五十年代出道，根基相比之下就浅薄多了。

　　对自己的文学创作，老人很看重。知道我们是去约稿，开门见山就谈文章事。他谈到当年别人评他的写作，只写身边的琐事。"其实我们无法介入国家大事，只能写身边的琐事。"这便是他的创作观了，也是他的世界观，我想。"人老了不能再写，六十五岁后学画画不写了。"

　　谈话似乎陷入了僵局。然此时话题一转，说到他曾在仪征县文化馆待过很长一段时间，缪哲大学实习就是在那里，在那里采风，收集民歌。于是民歌成了我们的话题。老先生说，民歌都是写情，无涉政治。那时候民间还真有些好东西，充满了智慧。我背一首给你们听……

聊东聊西，又转回了给《随笔》写文章。缪哲帮忙当说客，"人文俱老"嘛！我想缪哲是用"庾信文章老更成"在激励忆先生，李敖也说自己是"人老，文章更老"嘛。

"有'人书俱老'的说法，没听说过'人文俱老'。"忆先生马上回道。如此思维敏捷、反应迅速，忆先生没理由写不出东西，他是对自己的要求太高，或者说不做文学写作了吧。我提出《随笔》是以人为中心的刊物，写人记事的文章占有相当的比重，不妨写写，同时可做一些思考。老人家很激动："思考？现在你能思考吗？"看来老人心里的创伤很深。我说，不一定是对现实的反思，而是对自己一生的回顾和反思。他终于说，在写回忆录，已陆续写了一点。写完了可选几节给我们。

忆先生有当代诗、文、书、画四绝才子之称。范泓将话题引到了这上面。说忆老字画如何如何好，要讨还不容易得到。弄得先生很有些不好意思，说哪有这回事！现在每天抄一张《金刚经》玩。于是，给每人送了一张。

先生原名赵俊瑞，忆明珠是笔名，山东莱阳人，1927年生。诗人和散文家。去过朝鲜战场，后下放仪征近三十年，1980年到江苏省作家协会从事专业创作。五十岁写散文，六十五岁习画。著有诗集《春风啊，带去我的问候吧》《沉吟集》《天落水》，散文集《墨色花小集》《荷上珠小集》《小天地庐漫笔》《落日楼头独语》《白下晴窗闲笔》等；《荷上珠小集》获新时期全国优秀散文奖。

2013年8月

冯骥才

拜访冯骥才先生缘于"花城年选系列"。连续出版几年之后，到2003年，已经初具影响。为了做好2004年"年选"的组稿工作，9月我和老温（文认）一起北上，拜访了系列的主编们，以及几大学会的会长们，作为中国小说学会会长的冯骥才先生，自然也在拜访之列。

我们到天津，在冯先生的工作室晤面。工作室虽有几间屋子，却相当拥塞，里面摆满了物件，其中包括各地抢救的文物。这么多年过去，记得的谈话内容只有中国民间文化遗产的抢救。大概那是冯先生当时最大的兴奋点，他刚刚发起了中国民间文化遗产抢救工程的普查。多年来，冯先生不但从没有停止过这项工作，还更向纵深开拓：2004年成立了"冯骥才民间文化基金会"；2009年建立了中国第一个非物质文化遗产保护数据中心。"中心"存录了中国民间文化遗产抢救工程田野普查中所获得的数百万字的文字资料、几十万张图片资料、几千小时的录音资料和上千小时的影像资料。他也从文艺家转变成了"社会活动家"。

民间文化遗产的话题让我想起了刚刚编辑完即将面世的《马尔罗世纪传奇》，我们谈起了马尔罗在文物发掘上的种种经历和奇遇，很是投缘。书出版后，寄了一册给他，很快收到回信："我已听说有这样一本书要出版，倘不是你寄来，真不知去哪里找……如此一本好书为什么印得这么少？我对马尔罗充满敬意。"这是一位作家、艺术家和社会活动

家对另一位作家、艺术批评家、社会活动家的喜爱、崇敬和惺惺相惜。

我们会面的那个房间大概是冯先生的办公室，四周以矮书架围绕，架内是书，架上除了书，还摆了不少小物件。墙上挂了几幅冯先生的画作。聊完，起身告辞前，准备合影。这时，我有机会认真观赏墙上的几幅画，我指着以雪地上树林长长的斑驳投影为主体的一幅，表示特别喜欢。冯先生很高兴，说那我们就以它作背景。拍完，他送了本书给我：《画外话：冯骥才卷》。书的封面正是那幅画。回来翻看，他给画取名"树后边是太阳"，是为排遣苦闷而作。文中他特别提到自己得意于画面"表现出来的冬天树林所特有的那种凛冽、清新、使人为之一振的空气感"。他说："这幅画不只是我的一幅绘画作品，它是这人生经历中的一个重要环节。它对我的重要，在于它会提醒我——在苦闷中、困惑中、逆境中，千万不要忘记从自己身上提取力量。所谓强者，就是从自己的精神中去调动强有力的东西。"

给冯先生拍的这张照片曾得到侯艺兵兄的夸赞，他说他也给冯先生拍过，没有这幅出彩。这当然是客气话，侯兄是京城有名的肖像摄影家，给文化人、学者、科学家等拍摄了大量的肖像作品，出版了几大册摄影集，远不是我这业余玩票的可比。人的虚荣心就这么奇怪，明明知道是鼓励，却是特别受用。当然，在我的作品中，这也是不多的几张特别满意的。

朱　正

一

2008 年秋日，借回长沙看望父母，拜访了钟叔河先生。我随身带上了部分《随笔》作者的影册，聊天中拿了出来。他一路翻下去，默不作声。当看到朱正先生这一张时停了下来，说："我不懂摄影，这里的大部分人我都不熟，无法评价，但我觉得朱正这一张拍得好，把他拍活了。他经历的磨难常人难以想象，这张照片表现出了他为什么能走过来的性格特点。"钟先生与朱正先生从解放初起就是同事、朋友，几十年的难友、诤友。他的肯定，让我很是满足。大概钟先生觉得意思还没表达完，又谈起了他对照片的看法。他说，有两张照片特别难忘，"一张是爱因斯坦，那是在六十年代我进班房之前买的一本《狭义相对论》上看到的，留下很深的印象；另一张是罗曼·罗兰，当时并不知道这个人，大概是傅雷写的文章中有一幅罗曼·罗兰双手托腮凝视前方的照片，我是因为看到这张照片，才去找他的书看"。最后，他引用某位名人的话结束了关于人物摄影的话题："人像是摄影里最动人心弦的分支。"

钟先生给予如此高的评价，让我很兴奋，马上掏出笔，请他在朱正先生的照片上写下他的观感："笑看人生——神气活现的朱正。"

朱正先生的经历，在他的口述自传《小书生大时代》中有详细的记载。他说，这本自传是以"一段历史的见证人"的角色写的。还引用茨威格的话说："是时代提供了画面，我无非是为这些画面作一些解释，因此我所讲述的根本不是我的遭遇，而是我们当时整整一代人的遭遇——在以往的历史上几乎没有一代人像我们这样命运多舛。"

二

我们不妨从朱先生的口述自传检索一下他经历的苦难。

俗话说性格决定命运。先看看他笔下的自己。有一次，他跟母亲去庙里祈求菩萨保佑，看见高大的贴金神像，想起刚刚看过的孙中山小时候到翠亨村的庙里去破除迷信的故事，于是学着样跟母亲争辩起来，还把从那书上看来的骂菩萨的话学着说了一些，害得母亲急得要命。这故事说明两个问题，一是朱先生的性格：从小就是个犟脾气，如他母亲所说，他"从来就不怕急死她"。这脾气，我也亲历过。1991 年，我被借到湖南省出版局图书处，一次会议上，大概是谈及《查泰莱夫人的情人》一书的出版经过，他在会上拍案而起，而另一位当事人正好坐在我边上，他连声对我说，"小秦啊，老朱误会我了，老朱误会我了"，却并不起来辩驳。二是他喜欢读书，而且活学活用，从小就引用读过的书进行争辩。他所经历的苦难当然跟时代密切相关，大概也跟性格脱不了关系。而读书又可能在一定程度上加重了他的苦难，但更重要的是，读书成了他人生的意义所在，也是他化解苦难的酶。

初中时，受萧鸿澍先生的影响，他知道并迷上了鲁迅的作品；为了买书，还偷过父亲的钱，鲁迅的书读多了后，"就起了给鲁迅写传记的念头"，那还是读高中的时候。因为醉心阅读杂书，严重影响了学习成绩，以致怕考试，怕接到留级通知书。

解放了，他拂逆父亲希望他读大学的意愿，去参加革命，因为对新闻职业的神往，报考了新闻干部训练班，希望"由新闻而文艺，由记者而作家"。"新干班"结业的学员鉴定表上，罗列了他的不少缺点："个人英雄主义，有点高傲，说话尖刻，处理事务主观"；"小组讨论，有时态度欠严肃，致影响集体学习"；"做事性急"。这些缺点，从一个侧面勾画出了他的性格特点。"态度欠严肃"一语道出了他的调皮与幽默，在我看来，这是他化解苦难的又一种酶。

"三反"运动之后的"思想改造"运动中，他被打成"朱正反党宗派小集团"，接着被开除团籍，在接下来的肃反运动中，他又成了肃反对象，是《湖南日报》的反革命集团成员之一。他立刻失去了行动的自由，有专人看管。"当了'老虎'之后……我算是懂得了太史公所说的'隐忍苟活'的意思了。"可也并没闲着，在成天面壁，不让看书的环境中，凭记忆中的材料构想《鲁迅传略》的写法，借让他写"交代材料"赚几张稿纸，装着写"交代"写一两页提纲。为了自己喜爱的事，他是倔强执着又敢于冒风险的。《鲁迅传略》的写作和出版成为他在肃反运动中的一个小插曲。这个小集团最后定案为"思想落后小集团"，从此开始了长达二十年的苦难坎坷。

1957 年下半年，他被打成右派，开除公职，劳动教养。当时有一项内部掌握的规定，右派分子受到劳动教养的处分，可以申请不去，由各居民委员会监督改造。他为了不让父母生活在恐惧中，还是决定去。劳教几经辗转，1959 年到了矽砂矿，打石头、挑石头，好处是不再打夜班。有了一点闲暇，于是又读一点书，想一点问题了。对许广平《鲁迅回忆录》的思考是这一阶段的成果，二十年之后，他的《鲁迅回忆录正误》出版，将这些想法发表了出来。

日子一天天过去，也一天比一天感到疲劳、厌倦，不知道何年何月才是个了结。到后来，"让人最难耐的痛苦，还不是前途的悲观，而是饥饿，非常现实的越来越厉害的饥饿"。1962 年 10 月终于解除劳教。顶着右派分子的帽子回了长沙。闲暇时间多了，访友、读书、写作，自得其乐。第二年年底，认识了右派太太郑柏龄，考虑结婚的同时，不能不赚钱。卖文绝无可能，只有一条路，去挑土，当土夫子。钟叔河跟几个熟人办起立新科技模型厂后，他又进了这个厂。虽不比挑土收入多，但轻松许多。1967年1月借钱办了婚事。

"文革"来了。1969年在穷困、匮乏、高压、紧张、恐惧中挨日子。"有一天，孩子不在旁边的时候，柏龄沉默了好一阵子，然后很认真也很平静地对我说：这日子是过不出来了，我们一起死去算了吧！"1970年9月被抓，入了班房，他还真有些既来之则安之的心态。"请家里送来了列宁的《哲学笔记》和《唯物论和经验批判论》……好几年前买的，一直没有读，这一下有安静的空闲，正好细读一遍。"最后判决书下来了："在'文化大革命'运动中又恶毒攻击无产阶级司令部……"被判有期徒刑三年，强迫劳动改造。他竟觉得很庆幸，鉴于他已经在看守所坐了八个月，只要再熬两年四个月就刑满了。虽是几十年后的回忆，但看得出，他的庆幸是发自内心的，还真乐观啊！大概正是这乐观，让他置身苦难，总能看到希望。1973年，刑满释放。到此，虽然还有难过的日子，但基本上是越来越好了。

梳理了朱正先生的磨难，再来看这张照片。大小眼睛，好像是睁一只眼，闭一只眼；对这世界上的事情，只看想看的，其他当没发生；拿得起，也放得下。一副顽皮的笑脸，对生活充满了憧憬；在走过那么多艰难困苦之后，有什么理由不笑呢！

三

我认识朱正先生是1987年，那年，我硕士研究生毕业参加工作，进入湖南人民出版社历史读物编辑室。朱正是九位领导之一，但并不分管我们。

当时，湖南出版界有两套书颇有些影响，一套是钟叔河主编的《走向世界丛书》，一套是朱正主编的《骆驼丛书》。前一套影响深广，后一套在文化圈里广泛流传。我跟周楠本兄比较谈得来，因他参与了《骆驼丛书》的编辑，所以从他那了解了出版社的不少情况，也对朱先生有了一些了解。楠本兄送了《骆驼丛书》中的几种给我，如《搬家史》《回忆两篇》《周作人概观》；但跟朱先生，并无实际的交往，关于朱先生的事，多是耳食传闻。比如说，听同事讲过他和钟叔河先生的一个故事：说的是困难年代，他们俩在街上走，经过一地，见排着长长的队伍在买豆腐脑。朱正老老实实地在后面排起队来。钟叔河却是走到前面去看看情况。只见他埋头到桶里闻了闻，然后大声说："啊耶，捆咋豆腐脑馊嘎哒呆！"后面排队的人马上散了，朱正转身要走，钟说："莫急，我们买了豆腐脑吃完再走。""馊嘎哒呆？""我不喊馊嘎哒，排到我们就买不到哒！"一个是一板一眼的书生，一个是老练机敏的学士。后来，我向朱先生求证，他说不记得有这回事。即使这故事是编造的，大概也是湖南出版界的同事们据他俩的关系和性格的文学创造，从某一角度来说，也很真实。又如听办公室的谢勇兄说，朱正先生（时任总编辑）从无架子，任何事情都是自己做，非不得已从不麻烦人。有一次，他的钥匙反锁在了办公室，竟然自己搭着凳子想从门上的气窗爬进去，这一回谢勇兄不干了，才为朱先生服务了一回。当然也听过不少朱先生那犟脾气的故事。朱先生的公子朱晓是我的校友，去他家玩过，但跟朱先生始终没有多少接触。

跟朱先生的密切来往，是我调到花城出版社之后了。手上保留的朱先生最早的来信是 1997 年 10 月，内容是关于《1957 年的夏季》的出版，里面谈到我前一封信提出的社里要看看全稿。大概这是我们尝试的第一次实质性的合作。1998 年 8 月开完一个鲁迅研讨会，在去乌鲁木齐市附近北庭遗址的路上，聊到了当时出版界、读书界冒出的一个相对集中的兴奋中心：思想类读物。于是谈到了读书界哪些作者比较深刻，是不是可以选十家二十家？我提出请他出面组织一套。他没有忙于答应，而是就丛书的提法考究了一番。"'思想家'这顶帽子太大，……

入选者得有完整的思想体系，形成自己的一套学说，有几人能入选，没有把握。若以'思想者'命名，则灵活得多……只要他在思考问题，有自己的一得之见和闪光的地方，能够引导读者进行思考就行。"这一路还讨论了另一个话题，关于编一套现代作家丛书的事，这是我和楠本兄那几天一直在聊的话题，这时提出来请教朱先生。他说可搞一个现代八大家丛书。哪八位作家可入选，他颇踌躇了一阵，然后定了一个目录。就这样，我跟朱先生开始了紧密的编辑作者关系。

朱正先生提出了《思想者文库》的主旨、编辑思路，连约稿信、编者的话都是他亲手拟写的。请他当主编的提议却被否定了。他提出我和他一起主编，理由却是很巧妙："主编或策划，应署你我二人名，这比一人好得多，可以相互推诿，以搪塞想挤入的熟人。"当然我知道，这是朱先生想提携我这个晚辈。他提出的这么智慧的理由，我似乎也无法拒绝。接下来，就是组稿。朱先生最初拟的十家并没有将自己纳入。对此，邵燕祥先生就颇不理解："上次名单增删后，我就发现独缺朱正，为什么？我以为当仁不让，符合孔孟之道，望再思之。"

我们分头约稿，又一起去北京组稿，于是我有幸拜识了当代的许多大家：李慎之、李锐、邵燕祥、舒芜。对我提出的名单，朱先生也给予了充分的肯定，在一些人的取舍上，他没有任何的独断，而是反复的商量。在意见不一致时，我们就将之放到下一辑考虑。"其他的人，年轻人里，你看雷颐行吗？……今年报刊我看得少，提不出什么人来，这名单只好请你费心考虑了。"这是在讨论第二、三辑名单时我们的通信。

组织文库的出版对我是一个大的锻炼。几年后，《随笔》前主编退休，出版社决定让我接任。现在想来，当时听到此提议，竟冒冒失失地马上接了下来，那大胆大概是因为在文库的组稿过程中，我得到了锻炼，跟《随笔》的一些作者有了接触，建立起了联系有关。当然也因这"冒失"，让我在刚接手的一段时间里失眠，原因是稿荒。我只好向朱先生求助。

2005年元月上任后第一次去北京组稿，便请朱先生张罗饭局，于是资中筠、陈四益、钱理群、邵燕祥、蓝英年、章诒和、王学泰、王春瑜、王得后等等成了我的座上客，他们大多数是《随笔》的老作者，这次见面将断掉的线头重新接了起来。以后朱先生张罗的这种聚会还不少，还经常带我上门拜访。

我曾听说，朱先生高傲，评价人时有些尖刻。但在跟朱正先生的密切接触中，我感受的却是宽厚和慈爱。因为从《思想者文库》编辑时的鲁莽，到《随笔》来稿处理的欠艺术，致使个别老先生对我生出了意见和不满。事情让朱先生知道了。他却是在"不经意间"给我提醒。如我几次退舒芜先生的稿，还用了"太个性化"这么一个颇滑稽的理由，舒芜先生生气了，写信给朱先生，发出了"隔膜"的慨叹，并且提出了文章不个性化怎么写的疑问。我想朱先生是理解我不用稿的原因的，他只是将信复印了转过来，让我知道情况，也相信我能处理好。舒芜先生处，他一定是作了解释，或打了圆场，否则舒芜先生不可能一如既往地给我们写稿，并不时在邮件中推荐文章。还有在编某本书稿时与作者的不愉快，虽然我的理由很充分，却是得理不饶人，说话无分寸。朱先生没有厉色批评我，只是在电话中指出了我的某句话不妥。后来，在北京组稿时，跟朱先生闲聊，朱先生说："一个老朋友曾经跟他说，对朋友应该多夸赞、鼓励。"我想他是在教我做人的道理。记得家父经常提到曾国藩的祖父留下的八字家训"考宝早扫书蔬鱼猪"，其中对"宝"的解释是："人抬人，无价宝。"说明了在人间交往中，互相支持、鼓励、扶持的友情对人的成长、发展和成功的重要性。

四

随着交往的密切，对朱先生喜开点小玩笑、率直本真的一面也了解得越来越多。他曾在人民文学社的"鲁编室"干过几年，那里文化名人荟萃，也就有很多关于他们的逸闻趣事。我们一起出差时，他有时会说一点来解闷。比如困难时期，在单位食堂买馒头，个别人特别用心，一定会指定要那粘连撕开后带上了另一只馒头一点点皮的那一只；发福利用品时，也会在白砂糖还是糖果间权衡，最后还是选择了砂糖，因为糖果的纸是无用之物却会占去一些分量。这是现代儒林外史的好素材，不经意间留下了时代刻蚀的痕迹。在我看来，他不是书呆子一个，对人对事都有独特的理解看法，也不乏幽默。当年"新干班"结束的评语很能看出朱先生的性格，所谓本性难移。在限制自由的时候，敢借写材料贪得纸笔，偷写自己的东西，显示了朱先生的乐观、执着和胆气。可他并不是一味地书生气，在一些事情上很能灵活变通，我甚至觉得，朱先生骨子里是有些调皮的。

这里不妨说两件往事。一是他领我去拜访李锐先生。朱先生是李先生的老部下，又是他的《庐山会议实录》一书的责任编辑，是常常去他家的。我想去看望李先生，但是心里想：这位大领导想必还是有点架子的。带生人去看他是不是方便呢。朱先生说，那就索性不要事先预约好了。在世纪之交的那一年，他领着我径直敲开了李锐先生的家门。那一天主人和客人都谈得很高兴。

在做学问上，他的执着也让他有时候会不拘小节。记得编《大家小集》时，他建议编一册胡适的。那时胡适的著作还在版权保护期中，我们还在想办法联系版权时，他已经开始着手选编。一开始他选择的工作文本是北京大学出版社的十二卷本《胡适文集》，大概是以前看过，并在《出版广角》发表过几篇考订文章。后来知道安徽教育出版社出版了《胡适全集》，进而拿来参照，结果发现里面问题很多，甚至是错误千出。虽然联系版权问题一时没有成功，他的研究却是一发不可收拾，接连在《博览群书》上发表了几篇考订文章。指出这个版本存在的问题。出版者颇为重视这些意见，送了他一部《胡适遗稿及秘藏书信》，供他做校勘之用。他把这一次校勘出来的新问题告诉出版社的时候，说："我不懂这些编辑先生们为什么不利用这部书中的材料。"得到的回答是："他们没有看这部书。"我记得，一次在他的书房里，他向我展示那一部《胡适遗稿及秘藏书信》时的调皮笑容，说："这套书虽然谈不上是敲诈，说是'勒索'却是不过分。不过我并没有白得他们的书，我确实发现了问题，提供了修改的意见。"对于一个学者来说，发现并占有资料，是一切研究的起点。这套书应该是他获得的无数资料中一个偶然的特例吧。

出版社希望他的研究成果不要发表文章，而是给他们重版时做参考。朱先生觉得这个要求有一点可笑，对一个学者来说，研究成果总是希望多一点人看到，只有发表才能为社会所知，也才能对学术有所贡献。不过这以后他也没有再发表批评《胡适全集》的文章了。

五

朱先生在世纪初出版的一本《鲁迅论集》的题记中曾写道："我是从《鲁迅传略》开始我的学术生涯的。中断二十多年之后，才又出版了一本《鲁迅回忆录正误》，接着陆续写了一些单篇文字。二十年间才留下这么一点东西，是太少了。稍可自慰的是，近年写的几篇比早年写的似乎稍有一点进步。早年偏重于考据，只能说是弄清楚研究对象的真实情况，为进入研究准备条件。近年所写，套用古人的术语来说，是在考据之中也稍稍涉及一点义理了。今后再写，我想还是多在这方面用力。考据文章，结论常常是唯一的，不容异议。一涉及义理，可就见仁见智，众说纷纭了。"考证和义理兼备，是朱先生晚年治学的特色。但他的一切成果最坚实的基础，仍然是考据。他的这套功夫让从不会服输的黄裳先生都曾委婉地提出要休战。

1999 年 6 月，朱先生来广东参加一个鲁迅学术研讨会，于广州停留时在寒舍小住。当时的主要话题是《思想者文库》，这么多年下来，具体内容已经不记得了。唯有他关于自己著述的一段评述，我却是印象深刻。他说有两本书可以传世：一本是《鲁迅回忆录正误》，另一本是《1957 年的夏季》。朱先生著述等身，为什么他独独认为这两本书可以传世呢？我想是因为它们在该领域上的成就，均是独一无二的。翻看朱先生的口述自传《小书生大时代》，里面用不少篇幅谈了这两本书的出版经过和外界评价。

还在中学就起意写鲁迅传的朱正先生以研究鲁迅著称。1956 年出版了 1949 年后的第一本鲁迅传《鲁迅传略》。《鲁迅回忆录正误》的初稿，"文革"中遗失。到 20 世纪 70 年代中期，生活比较安定了，他得到冯雪峰先生的鼓励，又将遗失的《鲁迅回忆录正误》的研究成果重写出来寄给冯先生请教，冯先生看后回信道："我觉得你'正'的是对的，你确实花了很多时间和很大精力，做了对于研究鲁迅十分有用的工作。不这么细心和认真加以核正，会很容易这么模模糊糊地'错误'下去的。不过我对你的'口吻'，却很不以为然……在这种口吻中又流露了你的似乎压抑不住的骄傲。"冯雪峰的回信凸显了两个问题：书的研究价值和朱先生的性情。

　　另外一本书是《1957 年的夏季》。最近，在跟朱正先生通电话时，我问，您曾说有两本书可以传世，经过这么多年，又出版了那么多的书，关于自己的书有什么新的评价？他说其实，能传世的只有一本，就是"反右"那一本。当然《鲁迅回忆录正误》有价值，但局限性太大，仅仅是鲁迅研究的领域，真正可传世的，是《1957 年的夏季》。他还兴奋地告诉我："台湾今年元月出版了一个全本（版权页标为 2013 年 12 月）《反右派斗争全史》，补充了最新的研究成果，是目前最全的版本。"但他话锋一转，"说全的话，也不尽然，该版出版后，这半年多时间，又找到了不少新的材料，相信还会不断有新发现，再次出版的话，还可以补订。大陆不少出版社都想出版，我的条件只有一个，不能删节，现在多出一个删节本没啥意义，还会弄得版本多而乱，以后容易产生误读，要出版，就出版全本。我相信总有一天可以出版全本的。"

　　关于这本书的由来，口述自传记道："大约是 1992 年年末，燕祥给我看了一篇他刚刚写好的万言长文，讲反右派斗争的。文章写得很好。当时我就想，这样大的一个事件，一万字的篇幅只能提一些观点和分析；真要讲清楚，要联系当时的史实来写，得写成一本专书。燕祥很支持我的想法，他把许多重要的资料都借给了我。我 1993 年花了几乎整整一年的时间把书写成，请燕祥写了序言。"而关于该书的评价，程千帆先生的最具代表意义："若中国不亡，世界尚有是非，此书必当传世。不虚美，不隐恶，是以谓之实录。诛奸谀于既死，发潜德之幽光，古之良史，何以加焉。妙在既纯是考据，又纯是褒贬，佞人无如之何，正人大为之吐气，一把刀割两面也。"

　　《反右派斗争全史》是该书初版十五年后，最新的一个修订版，凝结了后十五年最新的材料发现、挖掘和研究的成果。最近，朱正先生在修订他的口述自传，增加了五章，原来的第四十八章"法定老人"改为"写作反右史"，对该书的写作经过做了详细的交代。说明了前后二十余年的写作，资料获得是一系列偶然、意外，却又是必然的结果。正因为不断获得的新资料，他以为，新版除了字数增加了五章二十余万字外，最大的不同在于取材范围大大扩大。

受技术和传播条件的限制，古人的著作即便藏之名山，仍有丢失的可能。朱先生的这本书已经有了众多的版本，不太可能丢失，他在乎的是最终版本的完整性，也就是要对历史负责！

附记：2014 年年底去钟叔河先生府上拜访，求证他与朱正先生在街上买豆腐脑一事。他说，朱正记得不错，没有这回事。大概是他跟另一位朋友在街上买猪血的误记。当时排队的人很多，钟先生开玩笑地说，现在真是没办法，牛血当猪血卖，也排这么长的队。讲第一次，竟有人走掉，同行的朋友反应过来，也附和着，反复讲了多次，排队的人也走掉不少。

朱厚泽

2005 年 10 月 30 日晚饭时分,《南方周末》刘小磊兄来电话,说朱厚泽先生到了广州,住在外商活动中心,晚上想见见广州的朋友,包括《随笔》的新老主编。

我马上打电话联系两位老主编。黄伟经先生没联系上,只约到了杜渐坤先生。赶到酒店,《南方周末》的老主编左方、《南方人物周刊》的主编徐烈和刘小磊等在座,已经不记得那天谈了些什么,只记得当我掏出照相机拍照时,朱厚泽先生兴致颇高。他笑眯眯地看着我拿的相机说,我也喜欢拍照。还得意地说,给朋友拍过不少好照片,比如李慎之。"慎之去世时,要用照片,翻出许多摄影师的作品,都不理想,倒是我拍的一张很出彩,最后用了我的一张。你到北京可上我家,我们交流一下。"原来朱先生还是个摄影"发烧友"。只可惜,一直没有找到机会去朱先生家切磋摄影技术,交流拍摄心得。现在也成为永久的遗憾了。

朱先生是贵州人。1931 年 1 月出生于贵州织金的书香门第、革命家庭。曾就读于达德学校,后又就读于贵阳清华中学。1949 年 3 月加入中国共产党。后长期在贵州工作,从基层做起,一路向上,任贵州省委书记。1985 年 7 月调任中共中央宣传部部长。中共十二届候补中央委员、中央委员。

跟朱先生的一面之缘,留下了这张笑容可掬的影像。我不能想

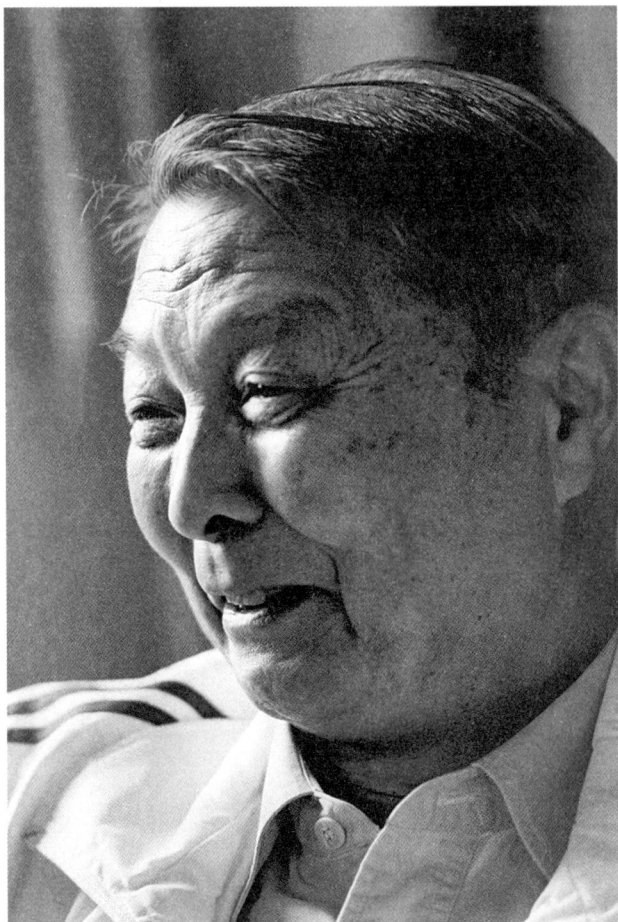

象他主政地方时的表情。朱先生在思想、文化界的口碑，是因为他中宣部部长任上的作为。1986 年 7 月文化部全国文化厅局长会议上，他在讲话中说："文化要发展，各行各业要发展，推而广之，要使一个社会充满生机、充满活力，有一件事情恐怕值得引起我们注意，就是：对不同的意见，不同的看法，与传统的东西有差异的观点，不要急急忙忙做结论；同时，对积极的探索、开拓和创新，要加以支持。……对于跟我们原来的想法不太一致的思想观点，是不是可以采取宽容一点的态度；对待有不同意见的同志，是不是可以宽厚一点；整个空气、环境是不是可以搞得宽松、有弹性一点。"我想他讲这番话时，一定是激情奔放、声如洪钟的。这个讲话之后，他进一步加以发展，最后形成了"宽松、宽容、宽厚"的"三宽"思想，他本人也被称为"三宽部长"。

　　近日从微信群友人的推荐得知，朱先生留下的大量文章、讲话及访谈录整理成书出版了：《向太阳 向光明：朱厚泽文存，1949—2010》。

该书汇集了他关于商品经济发展、经济工作、文化及宣传工作、环境问题、20 世纪至今人类社会进程的思考，较全面地反映了一位共产党干部从 1949 至 2010 年间，探讨中国在人类文明发展中的路径、全面深刻的改革以及长期持续发展的思考成果，显示了他作为一位革命者和思想者的深度和高度。

朱　健

2005 年春节，回长沙过年，跟朱健先生约了初五下午拜访。朱先生的家在东塘，这天，天下着小雨，我和继东兄如约而至。朱先生应声开门，我们迎面与这位身材高大、气宇轩昂的老人相遇了。进屋一落座，他就讲开了，把他这辈子谈了一遍。

朱健先生说他这一生的许多重大事情都出于偶然。

偶然写了两首长诗，投到了偶像胡风主编的《希望》杂志，在第一期和第三期发表，完全出乎意料。胡风被称为中国的别林斯基，在他心中的地位很崇高，根本不敢想他会看中这两篇东西。朱健先生当时才二十岁，可以说是少年成名。

谈到跟胡风的关系，他说完全是作者与编辑的关系，1946 年去张家花园抗敌文艺协会拜访过一两次，1948 年胡风去香港后就再也没有了联系。现在自己竟成了老而不死的四十年代的诗人、"七月派"的一员，这完全是偶然。解放后写过新生活的诗，"文革"后也写过诗。他觉得自己的诗还是比文章好。作为诗人，起码是"七月派"诗人之一，诗作以后总是有人会翻阅。

这之后朱健先生的青春年代一直都在革命，二十岁在国民党汽车站卖票，抗战时作为流亡中学生到了四川，反内战反饥饿时被捕，1947 年放出来又被驱逐出四川到了湖南，便一直待了下来。解放初他是长沙市委的秘书科长，因胡风事件被抓时，大家对他都很客气。之所以没被

打成胡风分子,是因为解放后跟胡风没有联系,最终给了一个留党察看的处分。

这之后,朱健先生做过建桥工地党委书记、铝厂厂长。20世纪70年代国家开始组织编写《辞源》,偶然得知此事,他主动要求去编辞典,看了四年书。当时有五万元购书款,从北京一车车拉了线装书回来。朱健先生说这是他知识积累的四年。他认为,编《辞源》是他的第二个贡献:《说文解字》两千年后还有人读,一千年后还会有人翻《辞源》吧。编完《辞源》后,朱健先生坚决不回铝厂,湖南省社会科学院不要,想去《学习导报》又不行,最后到了潇湘电影制片厂。在此工作了二十年,没有过办公室,只在家看本子,一年可以看到几百部。

我们拜访朱健先生不是因为诗,也不是因为《辞源》,而是因为他的文章。20世纪90年代,有几年在《读书》上比较频密地看到朱健先生的文章,留下了很深的印象,后来从沈昌文先生处得知,他就住在我的家乡长沙。地理上的亲近感一下就拉近了距离,埋下了想拜访的种子。到《随笔》后,上门约稿便顺理成章了。

可谈到写文章,朱健先生说完全出于偶然。他说,跟三联书店的关系很久远,他是国立六中学生,他们一帮同学到重庆后很多都住在三联,也因此认识了当时的店员、现在的老伴。80年代后期正值"反精神污染",当时沈昌文主持《读书》杂志。他写了一封信给《读书》,建议不发干预政治的文章,只谈文化,以往三联在重庆办刊也是如此。沈昌文先生马上回信说,信本身就是好文章,要在《读书》发。从此一发不可收拾。

朱健先生说,他写文章是沈昌文发现的,是吴彬、赵丽雅培养的。谈到这,他很有些骄傲,说自己的文字成就还有些家族渊源,祖父是前清进士,父亲是梁漱溟的追随者,结婚时,梁夫人为他证婚。但他始终觉得自己首先是诗人,他说有人说他是以写诗的激情在写文章。显然,对此评论很有些知己的感觉。

不知怎么谈到了人与人之间的关系。他说，解放前还有一点味道，同志之间是生死之交，有人情味，有真情，解放后个人与个人之间没有了心的交流，索然寡味，没意思。也许，这是他几十年内心孤独的自然流露吧。

朱先生除了身材高大、气宇轩昂之外，讲话也是中气十足，热情奔放，整个谈话中，不停地发出爽朗的笑声。但一旦对着镜头，就神情紧张，极不自在。谈话当中我抓拍了几张，因为他半躺的坐姿，无论角度和光线都没有选择的余地，但至少我记录下了这位让人印象深刻的老人。为了弥补此遗憾，2012 年 11 月 18 日，再次拜访了朱健先生，拍下了这张照片。

2013 年 3 月

孙道天

华东师大历史系 1980 级入学后的第一堂课，是孙道天先生开讲世界古代史。那之后，我们都成了他的粉丝，"惊艳"之后，是不断强化的印象：他超越了我们对历史老师所有的想象。

孙先生总是给人以威严感，课堂上全情投入，常常忘了课间休息。有一次，有同学在外面等下课进来拿钥匙，课间休息时间到了，也不见有人开门出来，实在忍不住敲门进来了，眉飞色舞的孙先生的脸一下子拉了下来。

"没下课怎么可以敲门进来呢？"

"现在是课间休息了呀！"

"我没下课你怎么可以敲门进来呢！"

语音语调虽然平缓，却是不怒而威，大有课堂重地，神圣不可侵犯的味道。

孙先生是东北人，近一米八的个儿，上唇留着斯大林式样的髭须，浓眉毛，高鼻梁，眼光锐利。印象中，总是穿一件灰色的中山装，腰板挺得笔直，风纪扣扣得严严，左边胸袋上永远戴着那枚深红色的校徽；进教室时，常带几本厚厚的精装书册，将书放上讲台，将地图挂好后，紧接的一个动作是从上衣口袋里掏出一块怀表，打开盖，"啪"地摆放在讲台上。讲课时，大多数时候是跟讲台平行而立，背着双手，得意处或观点有争议的地方，常常微笑着双手合起来在左胸前搓擦，稍作停

顿，然后缓缓道来。讲课中，随时会将带来的书翻开，或引用一两段文字，或展示几张图片地图。他的课用生动有趣来形容会显得轻率，也不准确；条理清晰、逻辑严密、例证丰富、征引广博……这一切都是通过那深沉而具磁性的男中音传达出来的。许多年后的今天，我们同学聚会时的一个保留节目，便是模仿当年孙先生上课的语音语调讲一段。

记得毕业后回上海，初次拜访孙先生，被留下来吃午饭。他拿出酒来。我不能喝酒，婉言推谢。孙先生不干了："酒是好东西啊，怎么能不喝呢？ 能够让生命出彩的东西并不多，酒就是一种，要喝的，一定要喝的。"重提此事，当然不是说孙先生教会我喝酒这么简单，而是想说孙先生不单教我知识，还教我如何去体会生活和热爱生活。打那儿之后，我感到一向威严有个性的孙先生也充满了慈父般的爱意。于是每次回沪，都会尽可能安排出时间拜访孙先生，喝酒只是一个由头，而实际上是想在茶酒之余，听他海阔天空地聊天。

孙先生的论著不多。他几十年从事世界古代史研究教学，可是惜墨如金，在我们学生看来，似乎是"述而不作"。 多年后我才知道，孙先生自 20 世纪 50 年代起，就参加《辞海》的编写工作，后来还担任了世界古代史部分的主编。他大量的时间和心血，都花在了这上面。他在词条的编写上最为人称道的是两点：用词严谨、观点严谨。看似简单的两点，却是《辞海》编写中的难点。若一个词条多一个字，一万多词条下来，就是一万多字，是一篇宏大的论文。必须惜墨如金。观点严谨则是要求编者超脱自己的看法，综合各方意见而得出恰当、适度的观点。据我们班留校的老大哥"大秦（一鸣）"的记忆，上海辞书出版社曾给过一份评语，其中有一句大意是：通常人们将《辞海》编辑部的编辑们尊为老师，而孙道天则是"老师的老师"。按我的理解，其实前一老师也指《辞海》，因为《辞海》素有不说话的老师之称。

这种严谨的作风在他的日常生活和教学中也表露无余，无论待己或待人。他的学生对他敬畏有加，我至今不太能想象我毕业后去看他几次之后，竟会有些放肆和随便。

退休后，孙先生曾有过一个计划，对"世界古代政治思想史"这一专题做深入研究，拟成一部书。2001年回上海，喝酒时听孙先生说正在写《古希腊历史遗产》，平均每天写五百个字，准备用一年半写完，我颇有些惊喜，当即想约定书稿出来后给我们花城出版社出版。孙先生说可以考虑，但一切要等书写出来再说。对他来说，出不出版无所谓，文章千古事，能不能写好，让自己满意那才重要。书写成了，考虑到就近方便，还是在上海辞书出版社出版了。书虽是一年半写成，却有几十年的积累。用孙先生自己的话说："书现在的规模不算大，要多加上十万字也不难。材料都在肚子里了，倒出来就是。但不想堆砌材料，只要能说明问题就行。"这本书，经几十年蒸馏窖藏，已化为陈年老酿了，可惜只印了一千五百册。据我所知，目前许多人都在找这部书，但就是在孔夫子旧书网上也找不到它的踪迹；出版社有意重新出版，但无法跟孙先生的后人取得联系，获得授权。

这本书出版时，我写过一篇读后感，写成后呈先生过目。寄回的稿子满篇皆红。孙先生的信写在一张三十二开的《辞海》稿纸背面，简明扼要如词条。"你的文章我修改了一下。你再仔细看看，不适合的你再改。一定要与你的思想一致。誊清或再打印，交出版部门之前要好好斟酌。"后来见了面，孙先生说："长期编《辞海》，养成了一个习惯，拿到稿子后，就像刽子手一样，举着刀，一门心思想着从哪个地方下手砍。"

这张照片大概摄于2003年左右。2007年，孙先生去世后，我一直后悔不已，原因很多，其中之一是竟然没有留下他的满意的肖像。最近在整理底片时，无意中发现了这一帧，虽离我心目中的形象有些距离，但毕竟留下了影像，颇感珍贵。

2014年7月

汪澍白

汪澍白伯伯的夫人张慎恒阿姨，跟我父亲秦旭卿是湖南省立第一中学的同学，迎接长沙解放时，又是战友。20世纪70年代末开始，他们的联系比较正常起来。80年代，我在上海读书时，汪伯伯的儿子汪希兄在上海社科院读研究生，于是有了比较多的往来，毕业后也一直有联系。我却一直没有机会拜见汪伯伯，直到主持《随笔》之后。

这之前，常听父亲提到汪伯伯，知道他研究早年毛泽东，还在80年代上半期，就出版了《毛泽东早期哲学思想探源》，后来又出版了《毛泽东思想与中国文化传统》等，颇具影响；他对晚年毛泽东也在作深入的研究。我工作后不久，湖南人民出版社出版过一本《艰难的转型》，这是汪伯伯1989年左右，给厦门大学哲学系研究生开的一门课的讲义，1991年整理成书，但书印出来后，时值苏联东欧风云变幻，没有上市发行，坊间流传的很少。目前我们在旧书网上，还可以找到这一册精装的书册。后来，汪伯伯又作了修订，改名为《中国文化的艰难转型》，张阿姨也写信跟我聊过这事，却始终没能再出版。

《随笔》作为一份思想性比较强的文学杂志，一直以思想启蒙为理想，以历史反思、文化批判为己任，在思想文化界影响颇大。汪伯伯是著名的研究毛泽东与中国文化传统关系的学者，当然也是我们的理想作者。2006年年初，借散文学会年会在福建龙岩开，我到厦门拜访了汪伯伯。

让我吃惊的是，这位老革命，学生时代就受"五四"思潮影响，向往自由、民主和社会主义的理想，对蒋介石极权统治不满，中学到大学都是学潮的骨干；组织湖南"人民世纪社"并任首任社长，是湖南大学党组织 1940 年遭破坏后 1946 年的重建者之一；1949 年 4 月解放军开始强渡长江，蒋军撤出南京后，他受地下党委派前往接管中央社，编发《新华社电讯》；8 月湖南和平解放后，调回湖南省委机关，一度曾任《新湖南报》秘书长……直到粉碎"四人帮"后历任大学教授、湘潭大学副校长、湖南省社科院院长等等，如此一位风云人物，却是一个不苟言笑甚至是有些木讷的学者。他以听我说为多，回应以张阿姨为主。大概是汪伯伯调厦门大学后，"一直把重新研读毛著，特别是其晚年著作，当作自己的主要课题"，对我所说的这一套"编辑经"很陌生，不知从何说起。

但我的拜访还是起了一些作用，不久汪伯伯把所写的自述中有关整风反右倾的七章打印稿寄编辑部。这一年正好是"反右"五十周年。这么多年来，反思"反右""文革"一直是《随笔》的一个重要话题，在周年的重大年份，虽然这成了高语境话题，但我们还是在控制好分寸的情况下发表了一些文章。好不容易拿到了汪伯伯的文字，从本意上说，是很想发表的。但仔细拜读后发现，因为不是独立成篇的文章，每部分文字都太长，截取片段难以独立成文，最后还是割爱了。

汪伯伯从传统文化的角度研究毛泽东是他后期的重点，新世纪以后，他的成果不断发表。大概是 2006 年下半年，他将成果编成《望海楼读书笔记》。望海楼是他在厦门大学东区寓所，从窗口望出去是环岛路和台湾海峡，他晚年的思索就是在这里展开，并一步步深入的。张阿姨将书稿已定稿的十五篇寄给了我（剩下的五篇还在修改校正），希望帮助找出版者。当时我所在的花城出版社不能接受，其他社也因经济压力为难，香港的出版社只有联合出版集团熟一点，推荐没有结果。

2007 年年初，我收到了汪伯伯寄来的《毛泽东的来踪去迹》。还以为是一本新的著作。翻开一看，原来就是他的读书笔记。大概，汪伯伯觉得这本书讨论的问题比较超前，正式出版的时机还不成熟，不如先自印若干册，送朋友，让大家分享他的研究成果，借此推进研究。李锐先生的序中说："澍白对毛泽东晚期思想的研究起步在后，但由于他对早期思想及其文化传统已有较深的开掘，转而攻读晚期著作时，便显得思路畅通，比较顺利地写出了一批有独到见地的笔记与文稿。其特点是：第一，抓住毛泽东晚期思想的关键问题，穷根究底地追索它的社会历史背景与思想文化渊源……第二，对毛泽东的某些重大决策，既注意从宏观上把握其坚定不移的战略方针，又细心从微观上考察其在不同阶段的策略转变……第三，注意考察毛泽东一生读书重点与价值取向的多重变化。"李锐先生也认为，这个解读尚待系统化、完整化。

我作为出版社的编辑和杂志的主编，虽然跟汪伯伯的研究有过多次的交集，却始终没有过结果，这成了我心中的一个永久的愧疚与遗憾。

稍感欣慰的是，为汪伯伯和汪伯伯一家拍的照片，颇得他们的喜欢。因为抓住了他那难得一现的放松和微笑。或者这是汪伯伯跟朋友探讨研究毛泽东和中国传统文化时，谈到得意处，常常会显现的会心的一笑吧……

2013 年 12 月

李　普

　　2005 年 5 月，我和向继东兄冒着时落时停的中雨，几经问路，来到头发胡同 58 号，拜识了李普先生。

　　李普先生个子不高，眉毛和头发全白了，十分和善，笑容可掬。宽敞明亮的房间墙上，挂着不少字幅，客厅和书房挂着两幅照片，一幅是他自己的，一幅是他夫人沈容女士的。谈话间，我提出拍几张照片作为《随笔》的影像资料，李老欣然同意。拍完，他站起身来，边走边说，"我想和老伴合个影"。然后在沈容的大幅照片下坐定了，摆好了姿势——沈容女士先他走了，对她的思念当是他日常生活的一部分。即使是在会见新老朋友的欢快场合，这种思念也会不自觉地从谈话中流露出来。一直开朗地笑着的他，这时收住了笑容，看着镜头，流露出淡淡的哀愁和思念。

　　后来看了李老女儿的一篇稿件《母亲》，我才真正理解了这份情感："父母在我心里始终是一个人……甚至他们俩的字都如出自一人之手，就连笔韵风格都一样，不要说外人，就是他们自己有时候也难以分辨……然而父母之间有差异，有距离。刚强和柔韧，严谨和洒脱，理论和感性，正是这些距离，使他们始终互相欣赏对方，尊重对方……父亲是个急脾气，一生气说出来的话都是硬邦邦的。母亲个性很强，说话直，生起气来半天下不去。他们之间的磕碰吵闹往往不是一会儿能过得去。"2005 年 10 月 6 日李老来信的附言，更可看出他对夫人的感情，

他在意外界对老伴的评价，极力维护老伴的声誉："曾寄上小女一文，其中谈到沈容虽不喜欢李慎之，但慎之仍常来我家，沈亦以家庭主妇身份热情招待。外间因沈不喜慎之，怀疑她破坏我和慎之的关系。发表小女此文，可正视听。最近仍有老友说'三李'（按：指李锐、李普、李慎之）如何如何，对沈容很不满，亦认为我对慎之如何如何。故如《随笔》不用此文，很可惜！盼复。"关于此，他的女儿李亢美是这么写的："母亲是个有大家风度的女人，内有灵性外有弹性。在对李慎之伯伯的问题上，她和父亲是有差异的……她理解父亲对才子的珍爱，支持父亲和李慎之成为好朋友，常来常往。但是她不欺骗自己，她恪守真实。"

2005 年 9 月再次去北京，带上了前次拍摄的放大照片。打电话过去，李老很高兴，说很空闲，欢迎欢迎。于是我直奔头发胡同。进到厅里，见茶几上有许多玩具，以为有孙辈同住。一问，才知道这是李老为了驱散寂寞，为自己准备的。每隔几分钟，其中一只小鸡就会叫起来，使这空荡荡的房子里有了些许生气。而只要轻轻拍拍茶几，有一两只娃娃就会唱起来跳起来。李老见我那么好奇，拍响了那些娃娃，脸上那笑容更是灿烂了。李老的天真可爱，之后还有表现。2006年 9 月，麦婵跟我一起到北京组稿，由朱正先生引路，去拜访李锐先生。因为准备中午请老先生吃饭，去得晚了一些。一进门，李锐先生急不可耐道：怎么才来？李普早到了。聊了一会儿，下面有人打电话上来，说是请吃饭，我们都蒙了，张阿姨问来问去也没搞清楚怎么回事，李普在旁边只是笑，最后说不吃白不吃，管他谁请！到了饭店才知道，是李普先生安排的。回来我写信感谢道："此次北京之行，承先生盛情安排筵席款待，使晚生一睹两老豪饮风采，并听李锐先生纵谈历史……真人生一大快事！"

因为上一次拍摄的成功，再提出拍照时，李老对我有了更多的信任感，我也放得开了许多。拍摄时，他不仅很配合，还提出不少建议，或者自己摆出姿势。

　　拍完照准备告辞，李老一定要留我吃晚饭。他领着我来到巷子口上一家餐馆，是他常去的一家餐馆。李老说过去国民党的官员喜欢下小馆子吃饭；边吃边聊，很好的消遣。他还告诉我，他在家附近选定了两家，一家是百饺园，另一家就是这里了。那天我们要了一份水煮鱼，一份西芹百合，一份玉米饼。李老兴致颇高，不停地谈他的一生：从早年追求民主自由，加入共产党，抗战时任重庆《新华日报》记者、编辑、专栏作家；解放后在新华社、中宣部工作，此后被批，于是自己要求到北京大学创办了政治系。再后调到中南局在广东工作，直到再次回到北京新华社。他谈到自己的"无畏"，说这一辈子，干了很多自己不擅长、不熟悉的事，如批马寅初，因为毛泽东说过，共产党员无所不能，他奉为真理。他坦陈，自己六十岁前，是一个彻底盲目的个人迷信、个人崇拜者，领导说的一切都是正确的。1982年从新华总社副社长位置上离休后，开始思考，开始写文章，又走入了有思考有追求的行列。

这天谈话的很多内容，在他的《李普自选集·自序》中有详细的阐述。大概这是他当时一直在思量的事情。

关于这篇文章，还有一个小故事。在 2006 年第一期的《随笔》中，我们将李老作为"《随笔》影像"的主角，按图文对照原则，发表了"自序"。但这篇文章李老写作时是准备投另一家杂志的。他专门来信说明："那天电话中口快，没有多想，说了给你，只好给。此事请你定。我希望你不用。"并建议用他写的这封信代替："此信如能刊出，幸甚！书信是'随笔'之一种，如能刊出，我就可以把那篇文章给……如何？此外，请考虑贵刊可否多刊登些短文。既不要匕首式的杂文，最好也不要那种空洞无物的大块文章。恕我直言，贵刊有些文章不知所云，唯长得可怕：不是随笔生花，而是随意灌水。"

组织和争取稿件也如战场，到《随笔》后，我当过一回谦谦君子，至今后悔。这一次可没有"让步"。不仅如此，还将李老信中说明照片拍摄时间和当时情境的文字摘要用在了封二。

李普先生提供的两张不同时期照片，都是笑容灿烂。他是这么说明的："照片中，1946 年访问山东解放区的一张我最喜欢，兹奉上，用后请退……你要我早年的照片，最早的是结婚照，其次是这一张。再早本来就极少，现在找不着了。入党以后，我们这些在国统区工作的人一般避免拍照，为的是怕照片万一落到国民党特务手里，麻烦……另一张注明'五十年代'，记不清在什么地方了。用不用，你看着办吧。五十年代我由于亲属中两个冤假错案的株连，挨'整'好几年，罪名是严重丧失阶级立场……我自己也'左'得很，对这个处分心悦诚服，完全赞成……从衣着看，正是挨整的时候。然而照片上笑嘻嘻，难道正如朋友们所说，我这人相当豁达吗？不过既然心悦诚服，笑嘻嘻不是没有可能的。豁达也者，在我仍是幼稚无知的别名。比如说，不知道这处分将带来许多什么样的后果，其实很可笑也。"

笑大概是他通常的形象。我觉得，他的晚年，作为一个思想者，在反思这一生中走过的路时，心情一定是沉重的，有时甚至是痛苦的，零度表情可能是比较好的表现方式。第二次访问拍照时，我请他收住笑容，于是有了这幅严肃、冷峻的照片，也许这恰恰表现了他真实的一面。

2013 年 9 月初稿，2014 年 2 月改定

李冰封

　　我以为，李冰封的名字与湖南出版辉煌的 20 世纪 80 年代紧密相连。如果说胡真局长在 70 年代末 80 年代初，为湖南出版界网罗了一大批挨过大整刚刚解放的人才，并带领地方出版社立足本省，走向全国，那么李冰封就是 80 年代在思想解放的大环境里，顶住各种压力，为湖南出版界撑起一片天空，让一代出版人能有相对宽松的环境，最大限度地发挥他们的想象力、创造力的关键人物。《骆驼丛书》《凤凰丛书》《周作人作品集》《新启蒙》丛刊，以及《庐山会议实录》《丑陋的中国人》《查泰莱夫人的情人》等等单本图书的出版，无不得益于此。

　　1987 年我从华东师范大学毕业后，进入湖南人民出版社。1988 年，在四川召开全国出版改革理论研讨会，局长李冰封带队。承社长黄治正看重，让我根据他的想法拟写参会论文，并一起参加了会议，在路上拜识了冰封局长。这位局座大人没有官架子，平易和蔼，大家都叫冰封先生。他知道我是华东师大毕业的，竟跟我攀起校友关系来。原来，他 1946 年从家乡福建考取了上海光华大学中文系，只读了一年便投奔解放区参加革命去了。华东师大的前身是光华大学、大夏大学、圣约翰大学。既然是校友，亲近了很多，我更少了一些拘束。这次旅程已经过去二十多年，有两件事，印象特别深：会后上峨眉山，我们在金顶住了一晚，本来是第二天上午游览，可是有人不适应高海拔，身体反应强烈，早餐时，冰封先生知道这情况后，决定用完餐马上下山。这多少有些遗憾，

无限风光还没领略，大多数人还是第一次上金顶，包括冰封先生在内。由此我也更深地体会了局长大人的责任感和体贴。第二件事是从重庆坐船下城陵矶回湖南。轮船在长江顺流而下要航行两天半，每到一站会上岸看看，每到一景会在甲板上流连。第二天我们在甲板上碰到一位德国游客，聊了起来，让我做翻译，当时的我很觉诧异，因为80年代时跟外国人的直接交往，还是有禁忌的。1986年，我曾借游学的机会，背包旅行，其中一站是甘肃。在敦煌游览时，结识了同屋的两个老外，结伴而行返兰州的路上，不时被警察和治安人员盘问。由此我感觉到冰封先生的开放、好奇、好学。最近去拜访冰封先生时，他还提起这事。

这之后，关于冰封先生更多的是听别人谈及。

他的爱才。我父亲有一个学生邹蕴璋，长期从事中学教育工作，听说湖南教育出版社需要人，马上去应聘，可是却没有录取。她很自信，认为自己无论从哪方面讲都是很合适做出版的人才，莫非是她那工农兵学员的学历不招人待见！于是洋洋洒洒写了一封长信给社长，历数自己的优势，还尖锐地批评出版社不看能力看学历。当时，冰封先生已经是出版局的局长，仍兼教育出版社社长。他看到信后，对邹蕴璋的文思胆识颇为欣赏，同意给一次面试机会，结果因她的出色表现，如愿调入教育出版社工作。还有姚莎莎。80年代初，姚莎莎毕业分配到了湖南教育出版社，她父亲觉得专业不对口，可惜了。姚父的一位朋友是某化学研究所的领导，知道后，马上发函商调。可冰封社长就是不放，因为刚来社一年多的莎莎已经表现出了一个出版人的潜质：眼界开阔、善于沟通、泼辣敢为。他不但让时与莎莎在一个编辑室任室主任的夫人廖姨，做莎莎的工作，还携廖姨一起到莎莎家里做她爸爸的工作，硬是把她给留了下来。至于不少老编辑，都是把冰封先生当同事，有事有问题就上他的办公室和家里，或直接拨电话，讨论甚至是争论选题取舍；开会讨论也是直来直去。这是因为，冰封先生与他们都有过相同的经历遭遇，知道他们想有所为，能体谅理解他们的用心。

他的担当。我听到过一个小故事。二十多年前，湖南人民出版社出版英国的文学作品《查泰莱夫人的情人》引起了巨大的风波。该书被禁后，我还设法找到一些书满足朋友们的好奇心。这本书出版的前后，在湖南出版界有过不少的故事，如钟叔河先生是如何得到这本书的旧译本的、选题会上的争论、遭禁之后的种种。湖南省委为此对李冰封等四人作了处分。在如此压力之下，李冰封仍为湖南人民出版社的总编辑朱正说话，他提出，朱正是民进中央常委，为了有利于党的统战工作，省纪委应该先向民进中央反映或通报此事，然后再下发处分通知。这个提议合规合矩，有理有节。

他的胆识。20世纪80年代思想解放的大背景下，王元化先生起意办一份读物，从文化角度来探讨具有现实意义的问题，形式是仿照20世纪50年代的《新华活页文选》，每一辑三两篇文章，低售价地发行。最后刊物定名为"新启蒙"。据魏承思回忆，"从北京回来，王元化先生就忙着刊物的筹备工作。有一天，他把我找去，说刊物……改由湖南教育出版社出版……他还告诉我，湖南省委宣传部副部长兼省新闻出版局局长李冰封，曾经是教育出版社社长，思想比较开放。此事也已经征得湖南省委副书记焦林义的支持。"

还有两件事，虽然小，却体现了他的体贴和关心。我结婚后，冰封先生特别托唐荫荪先生送来一册《中国古代名句词典》祝贺；调离湖南，南下广州前，我去辞行，冰封先生特地给我介绍了广东学界的老先生，如中山大学的王宗炎先生。种种小细节，每每想起，心里总是暖暖的。

2014年5月

李学勤

　　大概是 1993 年，在《新华文摘》上看到李学勤先生的一篇文章《重写中国学术史》。大意是：20 世纪 90 年代初，考古发掘出土了许多竹简、帛书的材料，过去有很多真实性受到质疑的古代历史，特别是作为历史寄托的古典文献和古书，据新的考古发现，可以促使学者对长期以来的看法重新思考，不少被怀疑否定的"伪书"得以昭雪，还有不少典籍，其时代由此明确。因而历史的若干门类，特别是学术史、思想史，已经有了重写的机会。

　　于是，我千方百计想取得联系，先是写信，然后是专程去北京，终于在社科院历史所拜识了李学勤先生。

　　记得坐下后，他问我的第一句话就是：你怎么知道我有重写中国学术史的计划呢？我说：据您的文章，推断一定是掌握了大量的一手资料，即使没有写作的计划，也有了写作的基础。

　　我想，他这一问大概是对刚刚启动的项目怎么就"漏了风"有些吃惊。也许是我的根据和推测让他释然，他说，的确有此想法。正组织一批学者，主要是他的博士生，在编写一套《中国学术史》，但已经有出版社签约了。现在若在网上搜索相关信息，关于这套书，可得到这样的介绍：总述创获，彰明源流，辨析学术。

　　大概是对他的研究的跟踪了解切中他的心思，那次拜访中他也透露了自己的心愿，还想写的是一部引论，将他关于重写学术史的基本想法

写出来，就理论、方法和框架作一论述。于是，我们有了一个口头的约定。不久，李先生应邀来长沙，在出版社座谈，并签下了《中国学术史引论》的撰写合同。

因组织《汉英对照中国古典名著丛书》，我还跟李先生请教过《史记》今译和英译的事。因为几次搬家，李先生给我的信不知道收捡在什么地方了，从手头现有的两封我给李先生的回信复印件，可以看到李先生的关注和指导。1995 年元月的一封中我写道："手书敬悉。非常高兴您愿意主持《史记》的今译、英译工作……此项工程的设想，已有一段时间。具体着手调查了解工作则还刚刚开始……您信中提及美国的William Nienhauser 教授正在进行此项工作，很愿意了解具体情况。是否有可能请他主持英译工作，最后由您审校，这样可使此项艰巨的工程顺利完成？"李先生的信中还提到了拟将此项目列入清华大学国际汉学研究所的项目，我的回信中表露了巨大的惊喜。

可惜这两件事情都因为我离开湖南出版社、南下广州而没有结果。1999 年，我曾写信，努力想把这本书拿到花城出版社出版，大概李先生的想法有了发展，这本论著始终没有出版，而是将他这方面研究的论文结集出版了，即《重写学术史》。

2014 年元月，借旅京期间拜访李先生时，特别请教了此事。他说当年还跟湖南人民出版社签订了一个《中国经学史》的合同，现在想来，当时的那些想法是过于大胆了。

南下后，我因为更换门庭搞文艺出版，更多的时候是熟悉、了解、联系文学方面的作者，跟李先生的联系少了，但仍念念在心。世纪初，上海文艺出版了一套《话说中国历史》，颇流行，通俗历史读物也进入黄金时代，我又萌生了请李先生出山做点什么的想法。大概是 2006 年，我走进了李先生清华园荷清苑的寓所。记得那次谈到的一个主题是："以图证史"是否可能。话题是由《话说中国历史》的图片开始的。当时有一个流行的词"读图时代"。我谈到，图片对于书刊来说，一方面是内容的需要和补充，另一方面是活跃版面缓解阅读疲劳。国外无论杂志如《纽约时报书评》《纽约客》，还是图书，使用图片都比较到位。但国内出版物一时间图片风靡泛滥，出版社对插图的使用本末倒置，不知节制，甚至将文本反过来削足适履。当时有一种观点，认为这种变化的一大特征就是话语的视觉化，不少人看成文化的退行性变化。《话说中国历史》的图片使用，似乎是努力要做到以图证史，用图算是比较节制的，但还是免不了滥用的问题，很多时候做不到图文互补，成了装饰。以图证史可能吗？

我没有留意该书的编著者，刚好李先生是该书的顾问，这一问显然有些无礼。但李先生不以为忤，说他在这套书上挂了名，所做的工作是推荐了一些作者，如此而已。但以图证史是否可能，他一直是有一个观点的：基本做不到。有两个难题：一是制度上的，二是本质上的。前一个问题，以图证史需要大量的图片，但收集材料非常的难，部门间、单位间、专业间各守自己的资源，图片要不到，需要购买，而经费是一个天文数字，何况有的还买不到；后一个问题更本质，最需要使用实物证据的时候，往往没有文物图片可证，越是需要的图片越缺乏，因此以图证史会留下很多的空白，不可能做得理想。这方面做得比较好的是日本历史学家编的一部《中国历史参考图谱》。李先生还告诉我，五十年代国家曾有一个计划，编一套中国科学史，一套中国史稿，中国史稿有一个配套计划，编一套《中国历史参考图谱》。当时这任务是交给历史所所长张政烺先生，李学勤受张先生委托做这事，专门成立了课题组，但就是做不成，最后只好解散了课题组。张政烺先生引为终身遗憾。李先生说到这里很是感慨，认为：对不起项目，对不起张先生。

这就是我所认识的李学勤先生。他的成就若要用最简短的文字勾勒的话，大致可以这么说：著名历史学家、古文字学家；曾任中国社会科学院历史研究所所长，现为清华大学历史系教授，中国文字博物馆馆长；长期致力于汉以前的历史与文化研究，在甲骨学、青铜器及其铭文、战国文字、简帛学，以及与其相关的历史文化研究等领域，均有重要建树；2013 年获首届汉语人文学术写作终身成就奖。

2014 年 4 月

严　秀〔曾彦修〕

　　这张照片是我的得意之作。它在极浅的景深里定格了老先生的神态，充满画面的脸满是沧桑，双唇紧闭，铜铃般的双眼，直视镜头，炯炯有神，好奇、执着、较真儿还带有些许天真。俗话说，性格决定人生，在我看来，他这一生的经历完全写在了脸上。

　　《随笔》2007 年第六期影像主角是严秀先生。按图文呼应的原则，当期要发表影像主角的一篇文章。文章是他对"影像·大师"栏目的一篇来信："《随笔》今年第四期上你的《"摄影要传达人性的主题"》……我仔细在病床上拜读了，结尾有这么几句话：'……在那个人性麻木的时代，如何唯独他，维希尼克……'初看这句话，我感到有点吃惊。当然，我知道我孤陋寡闻，不知此种提法，但一下子觉得：这是怎么回事呢？……我经过多次细想后，觉得你提的恐怕大有道理，不会是随便提出的……这提法可以唤起包括我在内的一些人的深思。"并建议我有可能时，另写专文申述，或成集时把此事多说几句。老先生的好奇、认真和独立思考、不盲从的性格从这封信中跃然而出。可以说信跟封二的影像形成某种互补的关系。

　　严秀何许人也？请看他为当期影像写的简历："曾彦修。四川宜宾市人。1919 年生。1937 年在成都联中读高一，同年 12 月赴延安。1938 年 3 月在延安加入中国共产党。后在延安马列学院、中央政治研究室、中宣部等处学习及工作。1949 年 11 月后在中共中央华南分局宣传部工作。1954 年春调北京中央人民出版社工作。1957 年夏定为右派。1960—1978 年长期在上海《辞海》编辑所工作。1979 年后调人民出版社任总编辑、社长等。1983 年退休。终身职业为书报编辑。偶用笔名'严秀'等写点小东西。"对《随笔》的读者来说，熟悉的是严秀，而不是曾彦修，这便是本文标题中我将老先生的本名括注的原因。

照片摄于 2005 年 9 月 5 日下午。记得那是一个晴朗的好天气，缪哲兄从石家庄赶来跟我晤面，一同去拜访。前一天晚上，打电话给曾先生，他显得很高兴，欢迎我们去。他住在丰台区方庄芳群园，保姆应门，悄悄嘱咐，不要谈得太久。严秀先生当时大概在书房，听到我们来了，"蹦"了出来，一口四川话，把我们让进了客厅兼饭厅。他说："《随笔》这么些年一直稳定，要想办法改成月刊。不知道能否办到？你们刊物完全可能办月刊，要扩大影响。两个月一期太久了，影响有限。建议不用小字，一是看不清，二是让人觉得不重要。这样对作者也不礼貌，好像分了等级。我有一篇文章谈苏联的，分两期，前一半用小字，后一半又变大字了。问原因，说是文章反响好。"

《随笔》是双月刊，一直以来版面保持在五个印张一百六十面，正文是五号宋体字；但为了增加容量，经常将长文章用新五号字排。2006年增加了八个页码，仍不能满足需要，到 2008 年进而增加了一个印张，页面达到一百九十二，正文就不再用新五号字了。这一改动，还有一重考虑：作者和读者中对双月刊改月刊有两派相反的意见，严秀先生代表了一派，而反对派的担心之一是质量下降。为应对这一问题，我们决定先扩版，增加容量，试探稿源，若决定改月刊，版面可恢复到五个印张。

聊天中，缪哲建议严先生写写回忆录。严先生说他的回忆录不那么好写，跟韦君宜的不同。"我曾在答黑板报记者问时说我党是'在山泉水清，出山泉水还是清，但没有那么清了。'这句话闯祸，我意识到会出事。开党小组会，我主动要求开除党籍。反右时，我是五人组组长，主动报了自己，成为第一个右派。"

当我提出拍照时，他穿着一件圆领汗衫，背上还烂了几个洞。保姆出来要他换件衣服，他不容分说："用不着换，就这样很好。"此时我才明白了进门时保姆为什么悄悄嘱咐不要时间太长。看来，若客人不控制时间，严秀先生会一直讲下去……就这样，他穿着"便装"让我拍下了一组原生态的照片。严秀先生是对的，他穿什么并不重要，重要的是他这个人。十几张照片中，最出彩的还是这张大头像。

2012 年 11 月

苏福忠

　　我不记得为什么或什么时候起开始称他老苏，肯定不是他的一篇文章中所说的带有"时代味道的一种称呼"，因为对我来说，通常是平等随意谈得来的朋友都会如此称呼。老苏名福忠，曾在人民文学出版社当编辑，现已退休。

　　记得是在 2000 年上海的英国文学年会上认识了老苏。第一印象是：为人颇热情，又有些大大咧咧的老哥；对会上讨论的英国文学文化的话题，他都有自己的看法，会上说得不多，会下跟我们倾囊而谈，可惜我却听不太懂，他的语速快，山西口音还重。之后去北京，总会去人文社坐坐，会会熟人，自然要去看他，但这时候我们的来往并不多，倒是听有人说他这人不好好工作，尽干些私活，还在自己编辑的丛书里夹带私货。

　　后来一位师长推荐我看一篇文章：《我认识萧乾》，并说：极妙！作者苏福忠。我找不到，直接写信向老苏讨要。难得读到这么过瘾的文字：语言有性情，细节颇丰富，特别是那时不时出现的农民视角的观察入木三分，既亲切亦复可爱，我仿佛看到了背后那个性兀立、快意恩仇的老苏。在萧乾先生去世后，写这样的文章，需要相当的勇气，即便是实话实说也一样。那之后，我们好像自然亲近了起来。我的影像札记开笔之后，老苏曾建议放开来写，不要太多顾忌，"人做事情，实话实说、真事真做，是最有底气的，也是比较省麻烦的方法"。但我却是达不到他这种境界。最近，看到老苏纪念牛汉的文章，里面提到牛汉几次在路上碰到他，说："我又看了你的文章了，你当不了官！"大概就是说他的这种行文风格吧。他在一些事情上是很较真儿的，我那时的第一印象并不准确，有一部分是误读。

后来我们更熟络了起来。到北京组稿，与作者聚餐时，我会邀他出来一起聊天，他也多次邀我去他家吃他亲手做的山西手擀面。一开始我并不知道，邀吃"苏式面条"可是特殊待遇。我的编辑工作远不像他那么专一，做得很杂，但他这人文社老人，经验多，资源也丰富，免不了时常向他请教。我曾一度想在外国文学名著上出出新，搞插图本（不是一般的点缀，有点左图右史，图文互证的味道），四处搜罗插图。他说贾辉丰家里收藏有大量的插图本原著，介绍我们认识。我张罗现代作家、学人的大家小集，版权联系困难重重，他又给我推荐吴学昭老师。若有一阵子没联系了，打电话给他，他会说：把我忘了吗，没电话，什么时候请我吃饭啊。对于我迟迟没有应邀到家里吃面，也许他有些想法——当我知道他与牛汉、绿原住在一栋楼里时，尝他的手擀面的机会才水到渠成了。可他也是嘴不饶人：要不是老牛他们跟我打邻居，你什么时候才来吃我的面条呢！他就是这么个一片热心、心直口快的人。到后来，不仅是编辑工作上的请教，连儿子学习生活的大小事，都聊起来了。他有一儿子，比我的稍大，经验正可吸取；他从底层突围上来，经历丰富，许多看法既智慧又江湖，让我这书生颇受用。

在我看来，这辈子老苏只做过一件事：做编辑。做外国文学编辑、做英语文学编辑。其他的一切都附着其上，是副产品。他曾说："编辑有为人做嫁衣裳之嫌，但只要有心，完全可以有很不错的沉淀。"他在编辑工作之余的"有心"，沉淀出来了一系列翻译作品、外国文学评论和随笔文字。

老苏编辑的书小至《黑狗店》，大到《吴尔夫文集》和《莎士比亚全集》等，简至《星期六晚上到星期日早上》，繁到《外国戏剧百年精华》和《牛津简明英国文学史》等。对项星耀《米德尔马契》译稿的反复掂量，几乎是挽狂澜于既倒，颇能反映他的认真、敬业和水平。他并不满足于这些，他还做翻译。在谈到他为什么做翻译时，他说：做外文编辑，好稿子看了不少，从中获益匪浅；差稿子也看了不少，从中吸取了不少教训。看好译稿，舒服，令人兴奋；看差译稿，别扭，生气。"大概就是在这样的情绪转换中，翻译的活儿也渐渐地进入了我的业余时间。"他的译著有《索恩医生》《亨利五世》《亨利六世》《瓦尔登湖》《红字》《爱德华庄园》《兔子富了》《1984》等。他还有三本著述：《译事余墨》《席德这个小人儿》和《编译曲直》。前一本是编辑翻译作品的积累和翻译经验的总结，后一本是他的外国文学评论集，第三本是对编辑工作和翻译行为的看法，以剖析实例为主。

《译事余墨》不但功夫深（几十年的卡片积累），而且颇有见地。如严复"信达雅"，他认为无关理论，而是标准；关于意译和直译，"'意译'之说早已不能成立，更不能成为标准。'硬译'如果是指'信'，但说无妨；如果就是字面意思，也难成立"。里面充满着翻译实例和编辑家的真知灼见，这种意见的表达也是充满了自信。"目前不少人把莎剧当作典雅的译事来做，把莎士比亚的语言当作优美的文体，以为只有用诗体翻译他的作品才能接近莎士比亚，这是一种荒谬得不能再荒谬的看法，无知得不能再无知的观点。"

《席德这个小人儿》取名很调皮，作为一本厚实的外国文学评论，也许换个书名更好些。对外国文学文本的熟悉是老苏的看家本事，也是让人敬畏的功力。我很喜欢用作书名的这一篇，姑且看作他观察人性的学术文本；莎士比亚系列他挑战的是中国莎翁研究崇拜多于剖析研究的浮躁之风；"《红楼梦》两个英译本的长短"体现了他从文本出发，不人云亦云的治学态度，等等。然而，这一切在一开始时，并不容易。他三十六七岁时，为编辑的一本特罗洛普中篇小说集写的前言压了一年多后，改为后记，书才得以出版的遭遇，并没有让他止步。"想明白了，就不想听之任之，哪怕面对被尊为什么老权威的人。所以，一旦有机会写个前言或者评论文章，我是绝不放弃的，不管能否发表。在文化问题上，不是你镇压我，就是我镇压你，但是谁更接近真实，谁就更强大，更持久。""要生存，就得有环境。为改善自己的生存环境而写点什么，自然还是为了提醒自己别懒惰，别人云亦云。"这么一头倔强的牛，是谁也阻止不了的，我佩服。

农民出身和英国文学似乎是老苏这辈子的两个决定性因素，而它们又可用一个词串联起来：生存。这是我跟他交往、读他的书和文章留下的印象。他在《随笔》发表的第一篇文章是《恒产者的文化沉淀》，他通过一本书的评价和自己早年的经历得出了：无产者无文化，有恒产者有恒心，有恒心才能沉淀积累文化的结论。虽说观点并不新鲜，但从自己的经历和家乡的人文历史来谈，具体、丰富、深刻而好读。

老苏的老家在太行山，从小生活在太行山，直到上大学才走出那里。他在文章中谈到十八岁那年开春闹粮荒，去山里大舅家借粮，由此感受到"人的生存性能"，感受到个体生存问题。他自小读书就很用功，做过泥瓦匠，当过农机厂工人，都是为了免去日晒雨淋风吹的农民生活，更希望吃上商品粮。他曾被公社推荐参加县里招文化青年当干部的培训，错失后却捞上了工农兵大学生的资格，这之中付出的努力，反映出了老苏极强的生存性能，还有他的优秀、灵活和执着。

2006年，去山西参加一个传记文学的学术会议，遇上老苏，会后他邀我去老家晋东南走走。事后来信，想听听我"对那里的众生在这个体制下的作为，有什么感受"。他说："人的生存弹性太大了，五六十年代那么大的政治高压竟也可以承受，如今环境这么宽松，也不知如何爱惜；好像百姓只能跟着洪流走。"他始终没有忘记生他养他的家乡，始终不能放下他的家乡，想写一写他熟悉的人和事，以及他的思考。他认为家庭背景的不同，决定文学写作的绝对质量，莎士比亚戏剧的深刻性跟他的家庭"从高位跌落到低位面对社会和人性看得透彻"相关。其实从社会底层往上奋斗的人，对人性，对世态也会看得更透。老苏很多的文字，都透露出这种敏锐和深刻，同时保持了一股子山野之气：

> 托尔斯泰年轻时"出于虚荣、自私和骄傲开始写作"，对莎士比亚的态度要客观得多。人老了经历丰富，吃盐比年轻人吃粮多，抛撒起沉积肚里的盐来，那可就是老和尚打伞无法无天的劲头了。（《托尔斯泰 vs 莎士比亚》）

> 那时候没有一点和知识分子打交道的经验，我看事想事还是一副直肠子。老萧的话在我的肚子里七上八下蹿动了一十五次，还是捉摸不明白，就还是按农村人的习惯寻思：这个人怪呀不怪？……按我老家的话说，这不是只让你烧香敬佛爷，不让你翻书念真经吗？（《我认识萧乾》）

他曾坦陈："下面的人的苦处，不亲身经历过，谁都不知道有多苦，既有肉体上的，更有精神上的。"参加工作后，老编辑的话——"你们这些农村来的人没有指望当好一个外文编辑，接不了班"——伤害了他，这是精神上的，他却并没有因此消沉，反而成了他奋斗的动力。

我一直感叹他的文字的直率、本真。对此，老苏自己有一个解释：到了五十岁，我才对自己的性格、脾气等很个人化的东西回想了一下，感觉是三分天意，七分成长环境吧。本质上很自由，可能源于我是家里唯一一个男孩，父亲从小管理太宽松，因此对妨碍自由的东西，感觉早，研究早，又正好和英国文化摽上了，那里是现代自由观念的发源地，和那里的文化很合拍，这对我写点东西很管用。自由的前提是独立性格，这也是我强项，让不少人不习惯。

好一个"和英国文化摽上了"，依我看是跟莎士比亚摽上了。他给我的信中说："关于莎士比亚，恐怕是我今后持续不断的活儿。"这些年，他业余研究莎士比亚，颇有成绩，已经结集，准备出版。集子分四个部分：莎士比亚面面观，深观莎士比亚，莎剧翻译观，莎剧的背景与提要。我有幸先拜读了他的序言。一上来，他就说"怎么才能尽快地接近莎士比亚呢？学习英语。只要坚持学习英语，莎士比亚这个词儿迟早会遇上，一旦遇上，就不单单是一个单词，很快会变成一种文化"。这是在写他自己："莎士比亚成了我衡量文学与比较其他作家的标尺，也成了我认识人生的经历的纲领。"对人性的复杂多面的观察批判，是他这一辈子体验甚多，也关注甚深的一个方面，这一点，他在莎士比亚这里取得了共鸣："莎士比亚最擅长的就是把人类缺陷中最深层的东西往外扒拉，越私密越好，越隐蔽越深刻。人这种东西很复杂，好的地方怎么赞扬都不过，坏的地方怎么批判都不解恨。"

我特别喜欢他在序言里讲的他寻访莎翁故乡斯特拉福镇的故事："一绺白云从远处升起，越升越高，越升越直，像一根飘动的旗杆在和那教堂尖顶一争高低。渐渐地，那根悬挂天空的旗杆头，变得很尖很尖，不远的下方几丝白云飘飞起来。我正纳闷儿横空出来一杆晃动的红缨枪，莎士比亚的名字就跳了出来。尽管那时阅读莎士比亚的剧本还只限几个著名的悲剧，但是因为觉得他的名字奇怪，我查过字典，也读到一些资料，知道它有'晃动的枪'之意。那是一种很奇怪的感觉，心脏有一点跳动，两腮觉得热热的，望着那块形状怪异的白云的目光一刻也不想离开，生怕转眼之间它会幻变成另一副模样。""晃动的枪"，好动感的名字。看到这段文字，我不禁联想起了毛主席的与天斗，与地斗，与人斗！

"快意恩仇"的评价，老苏不一定认同，把他的独立性格打上了江湖气的标签，有些随意。但江湖气是我推崇的风格，我理解为敢做敢当，是一种大气，做人做事，有了这种气概，没有不成的，也会为大多数人认可。其实，正如我前面所说，他的江湖气并不是没有原则，他有吾爱吾师，更爱真理的勇气。这一点，在他纪念牛汉的文章中就有表现。他很敬佩牛汉，但不客观、欠准确的吹捧夸赞，即使是应景的场面话，也是不能苟同的："老牛仙逝后，有报纸说这位'七月派'的最后一位诗人，一米九的大个子，腰脊是从来不会弯的。牛汉是诗人，也许亲口说过这样的话，如今有人这样写了，如果他地下有灵，他也许很乐意听。然而，现实生活中，人人都得从这样一种体制的屋檐下过，焉能不低头，不弯腰？……老牛的底线是'宁弯不折'。"

似乎说得太多了。我不知道我的这篇东西，是不是有主题先行之嫌：江湖气。草根出身的他，凭一己的努力，在编辑出版、翻译研究、散文随笔上都取得了不俗的成绩。他的学问、见识，爽直、无城府大概是吸引我，跟他越走越近的原因吧，我想。

2014 年

邵燕祥

多年前，因为编《思想者文库》，跟朱正老师一起到北京组稿，拜识了邵燕祥先生。

那天，邵先生话并不多，只是抱着双手，微笑着听朱老师说，偶尔插几句话。一开始，我的理解是，邵先生在出版了《邵燕祥文抄》《杂文自选集》《忧郁的力量》之后，要再出选本，有些为难。朱老师出面，他不好拒绝，于是请朱老师帮忙选。后来看了他给朱老师信的复印件才知道，邵先生很谦虚，学问上的事极谨慎。他认为自己谈不上"'思想者'，'议论者'耳。于议论者有时贩卖些从思想者处趸来的现货，却少原创性见解。如为凑足人数，或勉强聊备一格。然而有求于兄者，即烦兄从手头所有拙作中，按丛书要求略圈篇目，俾我得在此基础上，知道哪些'思想'可取，再来复印编辑。如何？"他在确定篇目给我的信中又说："我不是严格意义上的思想者，选文只能选那些在思想内容上稍有新见的就是了。我意不必照顾各时期所谓'代表作'；尤不能求为二十年文的自选集……因此，我意请你们扣准'思想者文丛'这个口径来决定取舍。"

后来，邵先生为一部集子的事来信。大意是：稿件已经走了两家出版社，前一家遇危机，后一家愿意出，却是很不尊重作者，因此撤回书稿。因听说此类书市场低迷，搁置手头已久。今"拟向花城一试。请从可能的印数和效益的实际角度出发，如难考虑列入计划，亦勿为难，直言相示"。这信让我感受到了先生的原则和骨气。记得先生还有几封信讨论一些别的事情，惜不知收捡在哪里了。这一切给我留下的印象，邵先生更多的是一个严谨的、有性格的思想者。

我主持《随笔》后不久（2005年元月），去北京组稿，请旅居北京的朱正老师出面召集，于是有了《随笔》北京部分作者的聚会。那天是高朋满座：邵燕祥、资中筠、钱理群、章诒和、蓝英年、陈四益、王得后、王春瑜、王学泰等都在座，我有幸坐在邵先生的身边。这次聚会，感受到的则是一个与之前印象颇有些反差的邵先生。

开席时，我简单讲了几句：一是感谢各位长期以来对《随笔》的支持，并希望对今后如何办好刊物提出建议；二是保持《随笔》现有特色和风格的同时，努力从边缘化的尴尬中走出来，主动就一些话题开展讨论；三是保持风格的同时逐渐丰富内容，并就改月刊的可能性进行探讨；四是建立作者影像库。

对此，大家都有些回应。关于改月刊，多数表示反对；在了解了《随笔》"边缘化"提法的背景后，资先生不以为然，她认为不能太靠近现实，最需要的是类似启蒙一类的文章，现在大家对一些普通的道理都糊涂得很；王学泰先生则对《随笔》表现出特有的专情，认为这片园地就如同自家菜园，不容他人染指，也不允许改变，他还批评《随笔》某作者的文章逻辑是有权就有理，引来众人的附和，"东西瞎写，文字还差"，邵先生则更是尖锐：认为其文古往今来一路骂下来，基本立场就不对……但那天邵先生提了什么建议，竟完全没有印象。记得的只有那天在饭桌上，邵先生幽默风趣、话多机锋、时有妙语，引得席间笑声不断。似乎他控制了整个谈话的气氛和节奏。大概这是邵先生诗人气质的自然流露。

当年5月，再次去北京拜访作者，登门拜访了邵先生。这本来只是一次常规的礼节性拜访和组稿，并无特别的目的。

那是一个晴朗的下午，我们打车往邵先生家去的路上，接到编辑部的电话，说是十万火急。开办多年的《随笔》封二上作者画像栏目的画家陈振国先生来电话：第三期后不再画了，因为年岁已高。

我到《随笔》后，因一直忙于跟老作者重新建立起联系，发展新的作者，对这个一直稳定的栏目，还来不及多考虑。接了这通电话，脑子轰的一下一片空白。这事太突然，一个办了多年的栏目年中停下，不可思议！在读者中会有什么影响也难预料。马上要求再跟陈先生商量，希望能画完这一年。得到的答复是这些都说过了，没有可能，得赶快决策，下一期的稿通常是月底要发。这已经是二十号了。怎么办？

"你不是拍了一些作者像吗，用照片代替画像，也很好啊！"向继东在一旁建议。从第二期开始，为了活跃版面，我们尝试在文中插入作者近照，有些是我拍的，有些是作者提供。建立影像库的想法，也只是为作者留影，并没有刻意拍作者肖像。一旦搞起专栏来，必须有一定图片的积累，权宜之计只能是先试一试，解决燃眉之急，明年怎么办，再说。

于是，拜访邵先生，在进门前，忽然有了明确的目的：拍摄一张能用作第四期封二的肖像照片。敲门进了邵先生家，吓了一跳，屋子里面一片狼藉，到处堆了东西，原来是在做维修，好像是出去度假回来，家里被水浸湿了。邵先生对房间零乱，临时腾出的窄小空间待客表示道歉，其实该道歉的是我们，这个时候来打扰。

于是，邵先生打头阵，先在第四期封二上亮相了。虽然匆忙，但"《随笔》影像"的基本元素却定了下来：当期有作品发表，以肖像为主，配少年和中年时的照片各一帧，作者写百字简历。

在配照片的过程中，并非一帆风顺。邵先生提供的照片是合影，设计稿出来后，感觉跟原来的设想不合。而邵先生因家里维修，乱作一团，无法重新提供图片，他让我们跟李辉联系。李辉不愧为资深记者、编辑和学者，他对我们的目的理解很透，从网上发过来的照片完全切合我们的用意，还加上了说明文字。于是，"《随笔》影像"的第一次亮相竟颇有些新意和特点。新的栏目获得了好评，就一直办了下去。邵先生的这幅照片成了这个栏目的起点。

这之后，在《随笔》老作者的聚会上，又给邵先生拍过一些，从图片质量上说，要好很多，有一张经邵先生推荐给其他刊物刊用，还得了稿费，是那时候我拿过的最高稿酬的照片——但这张有重要意义的照片是再好的照片都无法取代的。

邵先生是浙江萧山人，1933 年出生，当代著名诗人、作家。1951年出版第一本诗集《歌唱北京城》，1980 年发表《切不可巴望好皇帝》等杂文，此后开始了大量的杂文随笔写作。林贤治先生对他的这一转变是这么评价的："邵燕祥以诗著称，不知是否是因为这种整齐分行的文体过于优雅，妨碍了他的正常发言——包括必要的吆喝和嘶吼——才改执轻便然而毕竟有点粗重的杂文的？"很文学的表达。我以为，邵先生在回顾自己 1945 至 1976 年的创作生活时，说过一句话，透露了这种转变的深层原因："政治上无名的殉难者，文学上无谓的牺牲者。"他的《沉船》《人生败笔》《找灵魂》直到新近出版的《一个戴灰帽子的人》等等都是这句话的拓展和延伸。

吴　江

　　拿到 11 月 30 日的《文汇读书周报》,一眼扫过头版右上角的"悼吴江"的三个小字,心里猛然一惊,吴江先生走了!马上翻开报纸,找到这篇文章,一口气读了下去。陈四益先生的文字饱含感情,哀而不伤,忆及了吴江先生一生的重要方面以及与自己的交往:二十岁在家乡诸暨加入中国共产党,后来奔赴延安,南征北战,一直做马克思主义理论研究。"文革"之后,时任中央党校理论研究室主任的他,主办的一份不定期内刊《理论动态》,在推动思想解放、破除"两个凡是"的过程中冲锋陷阵;《光明日报》发表的《实践是检验真理的唯一标准》那篇名文由他最后修改定稿。文章中写到了作者与吴先生交往的一些细节,读来颇感亲切。

　　陈四益先生所写的应邀去崇文门东大街吴江寓所书房的所见,也是我的所见,虽然地点发生了变化:"一副隶书对联:'俯仰处无愧天地,褒贬时自有春秋。'后来听他夫人邱晴说,这是吴江最喜爱的一副联语。大概同他为人之道契合吧。他喜欢石头,不大的书房中,有各种体态的石头。讲起这些石头的来历,他如数家珍。有些石头颇硕大。老远地把石头背来北京,又背上高楼,我笑他'背着石头往山上栽'。他一笑置之,说就是喜欢石头。大约一是取其坚,二是取其平凡吧。从此,他成了我的作者,我当了他的编辑。"

　　2005 年 5 月底我也去了吴先生的寓所,那是北京东城区雅宝公

寓。我们坐在宽敞的客厅的宽大沙发上，背靠几大柜书，海阔天空地聊了什么内容已经不记得了。只记得聊天中，我感觉到先生的投入，他完全沉浸在自己的叙说和思考中，陈先生文中所说的性格中刚强、不随人俯仰的一面显现了出来，我忍不住掏出相机，尝试抓住那一刻。等到话题聊完，开始拍照时，先生"面目慈和"、体贴关心的一面也显露了出来。在客厅拍完了，先生领我进了书房，墙上挂了不少字幅，四处摆满了各式石头。先生引我来到一副对联前，说以它为背景拍一张，又邀我一起在下面再次拍了一张合影。由此我知道先生是偏爱这副对联的。此联正是陈先生提到的那副。先生见我对石头颇为好奇，便一块块介绍起来。后来，先生送我书时，才知道他将书房命名为"冷石斋"。

之后，我跟先生不断有了通信往来。那次拜访，先生送了我一册《吴江论集》。回穗后，我将照片晒出寄上并约稿。很快得先生来信，说最近在忙于《政治骇浪六十年——冷石斋忆旧》《访港时评》的出版，不日可寄赠一册。"这两书一出，此后我就命定只能写短文了，用以锻炼脑子。《随笔》我是要写的，目前正在酝酿中。"2005年第五期发表了他写的《哀李白》一文，之后先生意外发现白居易致元微之的信，认为是评论唐诗的佳作，摘了一段寄来用作补白，因补白栏目取消，无法采用，我去信跟先生说明。先生不但没生气，还写了一封很体贴的信："你的来信使我高兴……现在寄稿，少有这样互通音信，使作者知道自己作品的命运的。尤其对于七八十岁以上的老作者，这样做我以为是很适当的。《哀李白》一篇后，曾想接着写《悲杜甫》，但在读了杜甫的生平后，不想提笔了，杜甫的命运比李白惨得多……都是唐代大诗人，两人性格大不相同。写杜甫等于写唐后期那段苦难史，所以决定停笔。我倒不怕酷热，但现在思想难以集中到某些问题上去。《六十年》一书后，看来也只能写写杂文了。"先生信中多次提到《六十年》，他一定是很看重这部书，大概是视为对自己一生的一个交代。不想写杜甫，他要回避的可能还不只是唐后期的苦难史，而是怕因此触及他自己的不堪回首的往事吧？我想！

其实吴江先生并没有停止思考。2006 年第一期，《随笔》刊发了他的《说政治》一文。短短的文字，凝聚了先生关于政治二字的思考。与此文相关，还有一段小小的插曲。根据读者的建议，这一期我们尝试在每篇文章后面注明作者单位、职务，让大家对作者有一个相对多的了解。为此，吴江先生专门写了一封信，认为没必要，虽然他还是原则上尊重我们的意见，注明为"理论工作者"。他来信说："文章背后写作者的工作单位和职务这种做法，好像是'文革'以后才流行起来的，过去（包括解放前的旧社会）无此做法。这种做法依我看来弊多利少，学术上应大家一律平等，具个人名字即可，编者也应依文章本身的重要性和版面本身安排次序，不应考虑作者的职务，也不引导读者去关注这个问题。除非有特殊的情况需要对文章加以说明。学术总归是学术，应去掉其他一切不必要因素的干扰。你们的《随笔》属于高雅刊物，更该如此。此事请你考虑。"吴先生说得有理有据，特别是他看到了这里面可能出现的不平等，强调应该重文不重人，而这正是我们刊物坚守的原则。当年的第二期，我们取消了这一做法。《随笔》就是在这么一批老同志的关心、呵护下，一路走来，传续重启蒙和讲真话的传统。

是的，九十五岁的"吴江先生辞世了，走得那样安详"。让人稍感安慰。谨以此纪念独立的理论思考者、马克思主义理论家吴江先生。

2012 年 12 月

张　鸣

2005 年第四期发稿前，听编辑部说，我们的公共邮箱里有一位《随笔》的老作者来了一篇稿，还没来得及看。马上打开邮箱，调出来看。所谓"老"作者，是张鸣，中国人民大学的教授，从年龄看，在《随笔》作者中远不能称老。

《随笔》是在老一辈作家、学人、文化人的支持、呵护、帮助下发展起来的，在这个过程中，它也培养过不少的年轻作者。据《随笔》的老人说，二十世纪九十年代后期，中青年一辈中，有三位实力派的人物吴思、张鸣、吴小龙，大概是差不多时间在《随笔》出现，并成为《随笔》的主力作者。我到的时候，吴思以其《潜规则》声名大噪，张鸣在国内开设了众多的专栏而影响广泛，吴小龙以其文学情思和思想的穿透力而成为《随笔》大制作的重要供稿人。

张鸣这篇文章的题目是"受活还是活受"，内容是评阎连科的长篇小说《受活》。文章不仅升华了作品的思想内涵，而且晓畅好读，是很精彩的随笔文字，马上决定作为重点文章用。临发稿时，上网搜索，当期有几篇文章已经挂上网，此文也是其一。《随笔》历来遵循首发原则，不论是纸媒还是网络，都不能见光。只好忍痛割爱。编辑部主任麦婵马上回了邮件，张鸣回信说"网上和报刊应该是两回事"，对"判决"有些不服。

但这篇文章我实在喜欢。而有如此实力的老作者主动回来投稿，

必须抓住。于是我又去了一信，诚恳邀约并致歉。对首发原则，我这么解释："到《随笔》后，我们一直在讨论首发原则。二、三、四期都发现了这种情况，除非不知道，否则一律取消，无一例外。当然，任何规定，都应该允许例外，但尺度如何把握？尚没达成一致。目前情况下，还只能按'传统'办。对不起，盼曲宥是幸！"同时希望得到他的电话，赴京组稿好上门拜访。从张鸣的回信，我知道这篇东西是另一份杂志的约稿，对方收到后，认为观点偏颇，不发，经争取，同意发了，又因为别的原因不发了。他自认为此文是那一年中写得最好的一篇，如此被闷杀了，很有些不忿，至于文章上网一事并不知情，大概是学生挂上去的。同时留了电话，说"到北京可以来找我"。显然还有些愤愤然。我和他的结缘，竟有了一些不打不相识的味道。这篇文章我们后来拿出来重新讨论，认为还是可以作为一个特例用，在2006年第二期《随笔》登出。

我的信产生了效果，那之后不久，收到他的邮件，说是将去香港讲学半年，期间会到广州，要了我的电话，希望到时一晤。10月底的某个中午，接到他的电话，告知当天飞往广州，晚上已有安排，于是我们约了第二天晚上一起吃饭。他特别要我们约上林贤治。那晚的聚会四个人：张鸣、老林、麦婵和我。地点在无国界美食。

因初次见面，一开始有些拘谨。好在有老林在，他饭桌上极力夸赞张鸣，称张鸣是国内随笔写得好的十位高手之一，没有生涩的学术味，也没有过重的文学气，在学术和文学性两方面的平衡把握得比较好，随兴而有节奏。这番评价给我和小麦留下很深的印象。

事先从网上看到他新出了一本书《历史的坏脾气》，因为初次见面，心里想着却不好开口要。准备散席之际，他从包里取出几本书送我们，正是那本新书。这本书是近年专栏的结集，短小精悍，大多为历史故事一类，通俗易懂。读后，我写信给他，高度评价了他在报纸上的专栏风格，同时跟他约稿，希望给《随笔》的文字写得从容一些，作为一份双月刊，我们的节奏比较慢一些，是把杂志当书在编。最理想的文章是三五千字的篇幅，既能展开话题，也能深入探讨，又不至于让读者有阅读的疲劳感。11月他从香港来广州，中午我们在客家王吃饭，编辑部全体人员都参加了。这张照片就是那次拍的。那天，我按惯例带了相机，在开饭前拍照。因为熟了，大家都放得开，气氛轻松自如，拍出了他的帅气，拍出了他的特点。

张思之

2005 年 5 月 28 日中山大学冼为坚堂举办的幸福大讲坛迎来了张思之先生的演讲。热心的袁伟时先生第一时间将此消息告诉了我，于是有机会亲炙"中国法律界的良心"张思之先生。那天演讲的内容已经不记得了，但却记住了几句话。

"我们的历史档案水分太多，不要轻信。"

"可以讲错话，我肯定会讲错话，但我要求自己不讲假话。"

"法律的主要之点不在人人守法，而是政府守法，法院必须知法。"

"自由的基础一定是个人的利益，东海西海同心同理。"

演讲中他还特别推崇两个人的名言：

独立之精神，自由之思想。——陈寅恪

我可以不做事，但我要做人。——胡耀邦

张先生演讲完，袁伟时先生上去点评，讲着讲着动了情，声泪俱下。是被张先生的演讲所感动，是为演讲涉及的中国的问题和前途而感慨！这一幕，如今还历历在目。

镜头前的张先生从容而自然，沉静的眼神里有一种力量，让人感受到对人，对社会，对他所关注的一切的悲悯情怀。

何兆武

　　2014 年元月，借出差北京，到清华园看望何兆武先生。谈话间，何先生说：九十三岁了，已经不写东西，只看看闲书。接着兴致勃勃地聊起了最近读的《聂元梓回忆录》。随后提出了他觉得没想明白的问题："'文革'中，聂元梓贴出了第一张马克思主义大字报，深得毛泽东称赞，为什么后来还是被斗得要死？"这一疑问让我想起了他多年的一句话："或许应该说，读书并不使人明理，而是启人深思。"(《滚泥巴、书生、大红门》) 对"文革"的反思是他日常思考的一个方面。有意无意中的一个话题，都可能引向这里。

　　记得近十年前的一次拜访，聊天中谈到"五七干校"的生活。他说，那并不像杨绛的《干校六记》所写，没有那么好。从另一个方面来看，能经历"文革"，他又感到很幸运。他说："文革"中，几千年的中国历史形成的卑劣的人性，在极短的时间里集中上演，对人文学者来说，是千载难逢的经历。历史学家不应该辜负这份遗产。

　　每次去跟先生聊天，话题除了我的工作之外，都会涉及时下的学术文化新闻事件等等。比如说，一度受到热捧的西方传教士的作用，他认为评价过高。耶稣会士所宗奉的是中世纪传统的思想体系，与近代人文主义和启蒙精神针锋相对，这批最早的中西文化交流的媒介者，本身就是反近代化的先锋队。这批圣教士对于中国所需要的近代化，并没有做出任何实质性的贡献。聊天中，他的眼神或聚或散地看着你或什么

地方，脑子里似乎有两条线在并行，一条跟着你的讲述在走，另一条可能是你的讲述引出的思考；不时地点头，微笑着附和着：对……对……对……眼镜脚挂在嘴角若有所思。"对"完之后，或是一段沉默，或是一句跟刚才的主题完全无关的其他事情，也可能会这么接续："不过，我觉得……"他的不同意见往往以这种委婉的方式开始，先生不会争辩，但一定会表达自己的观点。

准备告辞，先生拿出一本他翻译的康德《历史理性批判文集》重印本送我："这辈子被驱策译了不少书，但凭自己的喜好选择翻译的只有三种（康德的这一本和卢梭的《社会契约论》、帕斯卡尔的《思想录》)。"这本书其实我二十多年前就得到过。何先生送过我不少书，最难忘的是 1991 年收到豪华的精装本《中国科学技术史·中国科学思想史》，那惊讶和激动，至今还记忆犹新。这本《历史理性批判文集》虽然我有了，却也没有推却，因为我知道，这是何先生表达心意的一种方式。

这么多年，跟何先生有过不少通信。2013 年年中，将先生给我的信整理出来，四十余通。第一封是 1987 年，那年我研究生毕业。从第一封信的内容看，是对我想出版他主持承担的一个国家课题的回复：现代西方史学理论。因为种种原因，没能成功。但宽厚、恳切的何先生却是认定了我这湖南小老乡，让我觉得很亲切。大约 1989 年元月，先生出差路过长沙，住在湖南师大招待所，我和邹靖华去看望。第二天他一定要回访，于是由他的同学余培忠先生引路，到了我父母家。先生给我的最初印象就是这样：谦和通达。之后，我只要有什么事，就会写信讨教。先生从来都是将他的想法、建议在信中细细道来。先生也会不时寄赠刚刚出版或发表的著作和文章；从国外回来，也会送些有特殊意义的小纪念品：如一片德国慕尼黑希特勒发动政变的那家啤酒馆的杯垫，一张在泰晤士河边以英国议会大厦为背景的照片。

1990 年，湖南人民出版社撤销，改为湖南出版社，我由历史读物室到了社科译文室。翻捡这一段先生的来信，有不少谈到了社科译文的翻译出版。先生说："我希望理论和史实、古典和现代统筹兼顾而不偏废。好的历史理论著作和好的历史著作，无论古典或现代都译一些。另外，我想有关历史的好的文学作品或哲学作品，也收入一些。这可以有助于我们开阔眼界。"针对当时翻译学术著作中的问题，他说："要保证翻译质量，首先要求译者有较好的专业知识，不可一味迷信学外文的人。学外文的人，专业知识往往不过关，就弄出很多常识性的笑话。如 Maine 的《古代法》一书，是一部古典的学术名著了，翻译质量也不错，但译者大概是法律专业的，在历史上就弄出了笑话，把 royal 与 imperial 混为一谈。其实 royal 是指法国革命前旧制度的王政，imperial 是指大革命后拿破仑称帝或法典。这两个字……被译者混为一谈，全书理论就都绞了线。犹如千载之下，有人把'中华民国'和'中华人民共和国'混为一谈。""我不是认为中外文的基础不重要，但我要强调专业知识的重要。这一点是许多出版社所不重视的，所以就一味迷信'外语学院'。"这是他从阅读经验、翻译实践以及对出版社现状考察中的心得。在我进入这一领域之初，先生娓娓道出，使我对社科译文该如何展开，有了基本的认识和方向。

何先生不仅给翻译出版提建议，还推荐过好多的书目，其中不少就是他一生中最愉快的两阶段时间里读过的、喜欢的书。如还在 1990 年，他就曾建议，西方有几个传记作家的作品很值得介绍，如德国的路德维希、法国的莫罗亚、英国的斯特拉奇。后来，我策划出版的《名人名传文库》中，收录了路氏的《拿破仑传》和斯氏的《维多利亚时代四名人传》，而莫罗亚的作品因版权问题没能如愿。我组织《经典散文译丛》时，何先生建议可翻译罗素的著作，还让他的学生整理过一份罗素著作的目录给我。这让我想起了沈昌文先生教我的"向后看"的出版思路。沈先生谈到他主持三联时，选题策划只有两个人，他要求一个负责往前看，一个负责往后看。所谓向后看，就是译尚未过时的外国老书。

同样，在何先生看来，好的书是不会过时的。我编《大家小集》时，他建议，蒋百里的东西很有意思，现在难得见到，可以纳入。当我为了完成考核利润头疼时，他说小时候特别喜欢湖南同乡平江不肖生的《江湖奇侠传》，应该会有读者……

拜访何先生，我通常都是从清华西南门走入。感觉中，无论外部世界如何发展变化，那片区域的红砖房宁静如旧；那套小三室里的书房兼卧室，雅静如前；何先生的阅读和思考始终未变。20世纪90年代去看望何先生时，常留下吃饭。印象中，好像都是吃的水饺。何先生下厨（何师母身体不好），烧开水，从冰箱拿出速冻水饺，熟练轻快地下到锅里，有时嘴里会哼着古典音乐的旋律。上桌时，还会配上一两个简单的凉菜。记得他对吃有过一番解说：做饭太浪费时间，其实吃什么都一样，楼下的食堂，就有速冻水饺。至今仍记得他边说这话边下水饺的情景。直到今天，清华食堂的菜肉水饺仍是先生的最爱。但"吃什么都一样"这话对刚刚过上家庭生活，对吃还有不少好奇和期待的我，不怎么能体会其含义和分量。后来，待我有条件下馆子了，在清华园请过先生，这种场合，他仍然不关注桌上的菜肴烹调，注意力全在聊天、探讨问题。也许这可以印证先生喜欢帕斯卡尔《思想录》的原因："人只不过是一根苇草，是自然界最脆弱的东西；但他是一根能思想的苇草，纵使宇宙毁灭了他，人却依然要比致他于死命的东西更高贵得多。"

我拜识何先生之初，还是一名史学史的学生，而他是史学理论研究的大家。接触多了，我才知道，新中国成立后，何先生虽然是治思想史，最初的兴趣却在翻译。"因为，刚解放，不敢随便搞研究、写文章，翻译相对安全；而翻译文科的东西怕掌握不了，不符合时代的需要，所以选择自然科学。当然太深的也翻译不了，就翻点通俗读物。后来，发现经典的著作还是要保留的，特别是马克思之前的古典作品，十八世纪的，像康德的、卢梭的，这些都是历史性的著作，后来就译了一些。"他与商务印书馆的渊源在新中国成立初期，一开始翻译过不少苏

联的东西，因为当时把苏联的书奉为圣经，翻译出版苏联的书政治上非常保险。后来才翻译一些其他国家的，如恩利克·费米夫人的回忆录。

何先生谈到，曾经接过一个任务，翻译一位英国旅行家的中亚游记。这题材对他来说完全陌生，翻出来干吗，也不明就里。后来才知道，当时涉及到中苏边界的划界问题，要收集旅行家的资料。罗素的《西方哲学史》在八十年代初曾热过一段，何先生是第一译者。他说，翻译这本书是上面派的任务，在"文革"中还给他带来了一场无妄之灾，被打成现行反革命分子，罪名是为复辟资本主义招魂。"我翻译的是古希腊哲学，那时资本主义还没出现呢，怎么就给资本主义招魂了呢！当然没理由可讲。招魂就招魂呗，我也没有争辩。被关进了牛棚，好在牛棚里的'反革命分子'很多，一点都不寂寞。呵呵！"很久之后，商务印书馆的一位领导，也是他的同学告诉他，这书是毛泽东交代翻译的。为什么呢？因为五十年代初，罗素和爱因斯坦发起了一个世界和平运动，运动的主题是反美帝国主义霸权。毛泽东很欣赏，便和周恩来联名发了一份电报，邀请罗素访问中国。罗素欣然同意。但临上飞机前还是取消了。因为罗素当时已经九十七岁，不可能完成访问的任务。他送给毛泽东一套《西方哲学史》。至于为什么只译了第一卷。何先生说，太费劲了，第二卷、第三卷就推掉了。

对何先生所说的"喜欢的三本书"，我总想弄清楚为什么。曾打电话追问原因，先生听了后 呵呵直笑："说不出原因，就是喜欢。"何先生的译作很多，他的偏爱，我以为可能跟时代有关，他指的是八十年代之前他翻译的书中，这三本是他的选择和最爱。先生从小喜欢读书。《上学记》中说："对我来说，平生读书最美好的岁月只有两度，一次是从初二到高一这三年，另一次就是西南联大的七年。"其实这一辈子，先生没有离开过书，但不被驱策、自由自在地读书，则只有这两段。书中"无故乱翻书"一节讲了他读书的第一段："上了初中二年级以后，渐渐脱离幼年时候的爱好，似乎有点开窍了……逐渐开始接触近代，看些杂志、报纸和新出版的东西"。"林琴南介绍了很多西方的文学作品……商务印书馆出版，每本都不太大，一天就能看一本。""五柳读书记"一节谈了后一段："卢梭的《社会契约论》那是张奚若先生指定的必读书……开篇的第一句话：'人是生而自由的。'……人类总有一些价值是永恒的，不能以强调自己的特色来抹杀。"从中大致可以寻找到他喜欢《社会契约论》的原因。当然，安全、符合要保留的标准也是重要原因。

我想先生并不是说那三本之外，他对自己其他的译作就不喜欢。他说："若真是不喜欢，就不会译了。"商务世界学术名著丛书中，收有他八九种译著。我曾想寻找他翻译这些书的缘由，是否也像董乐山译《第三帝国的兴亡》等等一样带有问题意识，选择译书的标准是针对中国的需要和问题。当我带着这一想法请教的时候，先生的回答完全在我的意料之外，却又是情理之中。他说："我想，要是搞思想史的话，应该是各个方面的思想都要了解一点。你不能专门只宣扬一家，其余各家你都放过去，那是不行的。"先生是从自己治思想史的角度，来看这个问题，来选择或参与译事的。在柏克的《法国革命论》的译序中，何先生说："卢梭的天赋人权……这个法国大革命的先驱理论在 20 世纪初期曾在我国得到大力的宣扬。相形之下，对于法国大革命持反对态度的保守派理论（如柏克和他的《法国革命论》）却不大为人所重视，很少有人介绍和研究。这可以说明思想文化的移植也是有选择性的……但是作为学术研究来说，不认真考虑正反两方面的意见，而只偏听一面之词，终究未免是一种欠缺、一种损失，有失客观的科学性。"虽然无数的读者经由阅读何先生的译作接受了启蒙，一篇文章还将之上升到了一个高度，称先生为"盗火者"。但何先生却从没想过如此来拔高自己翻译的意义。他只是从兼收并蓄、相互激荡、开阔思路这么一个思想史研究的常识来看这个问题。这是不是从一个角度说明了何先生的纯粹呢：做学问的纯粹，为人的纯粹！

2004 年年底，我主持《随笔》后，跟先生索起稿来。虽然跟先生交往多年，其实我对先生的随笔了解不多。哪知先生投来的第一篇《纪念清华国学研究院八十周年感言》（2005 年第四期）一经刊出，就获得好评。记得那期出来不久，去看王元化先生，他首先就提到这篇文章。该文语言平实，谈的问题也不艰深，虽为小小感言却是直指时弊：他认为继承过去与创新未来是一个延续不断的整体工程，直指新中国成立后学术的断裂；面对"名器泛滥"的社会风气，强调追求真理的精神与名利的诱惑两者格格不入。他希望学者移风易俗，改变追逐名利之风。在《关于诺贝尔奖情结》一文中，先生再次展开了这一话题："问题并不在于某个学校出了几个诺贝尔奖（或其他什么奖）的得主，而在于它是否能培养出一批人才，能否开创并领导一个国家、一个时代的学风。"先生是这样讲的，也是这样做的。彭刚兄说的一个故事流传颇广：清华思想文化研究所要为先生的八十寿辰举办一个庆祝活动。何先生反复推辞。于是所里拟将聚会以"史学理论前沿研讨会"的名义举行。可那天早晨去接先生时，却是房门紧锁，扑了个空。彭刚兄说："他逃自己的祝寿会，在别人可能是名士风度，在他却是真切的认定不配做。更重要的是，我深知何先生根本无法适应以自己为主角的盛大场合。"面对这一事件的提问，先生也有正面的回应："现在帽子乱加，我觉得不太好。比如说'国学大师'，这个是国学大师，那个也是国学大师，大师满天跑。也可以庆祝生日，那是这个人要有特殊贡献的，我又没有贡献，干吗庆祝这个呢？那是贬值，货币贬值，大师也贬值了。"而我却更愿意把这看作先生不追逐名利、"移风易俗"的身体力行。《必然与偶然——回忆钱宝琮先生的一次谈话》（2006 年第三期）是写钱先生对他的影响，强化了他的两点想法。一是作为知识而言的"学"（或人们惯用的真理）没有所谓中西之分，百年来中西学之争，只不过是具体历史条件下的产物。关于某一事物的"学"，或者说"真理"只有一个，并无中西之分，尽管它的出现而为人所认识要受到具体历史条件的制约；二是历史学的问题无法得出确凿的结论，因为宇宙中存在着某种根本的永恒的偶然性的存在。先生的随笔常常就是以这种四两拨千斤的方式，谈论一些重要的常识问题。长久的思考研究一旦碰到合适的话题，便自然的触发生发。从先生的文集或论著《历史理性批判散论》《历史理性的重建》《当代西方史学理论》《苇草集》可看到一些消息。

对世俗的批判、处世的豁达还可以在先生对待不法出版商的态度上看出来。先生这辈子最着迷的一项工作是翻译。作品除前面谈到的外，还有柏克的《法国革命论》、孔多塞的《人类精神进步史表纲要》、布莱德雷的《批判历史学的前提假说》、柯林武德的《历史的观念》、梅尼克的《德国的浩劫》、卡尔·贝克尔的《18 世纪哲学家的天城》、罗素的《哲学问题》《论历史》、李约瑟的《中国科学技术史·科学思想史》等等。我们要感谢何先生为我们留下如此丰富、信达的翻译遗产。只要能惠及读者，或启蒙科普，或传播知识，他都是高兴的。帕斯卡尔的《思想录》，前些年被多家出版社出了节本，用的都是先生的译本，既没获得他的授权，也没给稿酬。若有人问及此，先生总会说："随他去了，犯不着跟他们计较，呵呵！"

这些年，何先生给我印象最深，也是他重复得最多的一句话是："这一辈子都在打杂，没有完整的时间做自己的事。"他还多次说，要做好任何一件事，兴趣和专注最重要。他搞翻译是兴趣，所以有所成就。做研究需要长久的专注，却是完全不可能。何先生说："那个年代，这运动那运动，今天反苏大游行，明天拔什么苗，后天是什么下乡，经常一下乡就有人嘱咐，不许想城里那些事情……怎么可能真正深入到一个什么领域，集中精力搞研究呢？"有一次去看望王元化先生，我提到何先生的打杂说，他马上接话道："这不是哪一个人的问题，这是时代的问题。我们这一代人始终被各种运动、任务、工作驱遣，不能尽心做学问。"这是他们这一代人的大悲哀。虽然，何先生总是笑呵呵地谈论这些问题。何先生的"主业"是中国思想史，主要成绩，除了参加了侯外庐先生主编的《中国思想通史》《中国近代哲学史》《中国思想史纲》《宋明理学史》等巨著的编写外，大概就是《中国思想发展史》了。那是四个人的合著，由何先生改编并翻译成英文，1991年由外文出版社出版。先生是觉得，若能有专注的条件和环境，他一定会做出更大的成绩吧，我想！

2014年12月

何满子

　　拜访《随笔》老作者，接续前缘，打开局面，成为我 2004 年年底到《随笔》后的主要工作。在编辑部内，我们常聊起如何尽快跟老先生们联系上，写信当然是一种方式，但间接、简单，甚至可能也显得不够尊重。特别是经历了头两期的稿荒，登门拜访求稿显得尤为迫切。2005年 8 月我们赴《随笔》的作者重镇上海，而拜识何满子先生并约稿，便是此行的重点之一。行前，给何满子先生写信，报告了我们的计划。8月 15 日中午抵沪后，稍事休息，马上跟何先生通了电话，3 点半到了天钥桥路他的寓所。

　　这是一间独立的书房，跟寓所其他部分完全分隔开来。一进门，就是会客区，再往里，两边墙都是书架，最顶头靠窗摆放着书桌，外面是阳台。坐下还没说上两句，老先生就聊起了当时上海滩的一些媒体捧张爱玲、无名氏的事，颇有些愤慨。他说：在抗战六十周年之际大肆宣传这类人物，跟整个气氛背道而驰；新闻出版话题要注意时机，对谈论的话题人物应有一个基本的判断。一见面，老先生给我们展示的是一位"文化斗士"的形象，他深受五四新文化的影响，对各种他感到在文化上的不当行为，总是会站出来予以抨击。

　　谈到《随笔》时，他先是对这么长的时间没给我们写稿表示抱歉。这番话让我们汗颜，是我们来晚了。他说，之所以没给《随笔》写稿，是因为换主编后，人不熟。"《随笔》从来不退稿，而我的稿都是手写

稿，天下孤本，你不退我就没了，发不发还在其次。现在我们认识了，可以给稿给你们，只有一个要求，不用要退。"老先生快人快语，让人觉得亲切而真实。谈话间，拿出一本杂志，他说现在写的稿子不多，可以说很少，偶尔给杂志写写，像这本杂志，一个页码给两千元。这下谈到了我们的痛处——稿酬偏低。但接着往下听，明白了老先生并不是嫌我们稿酬低，还是因为失去联系，偶尔写的东西没去处，只好投其他的杂志。老先生红光满面，滔滔不绝，中气很足。不知怎么谈到了他的年纪，八十六七岁了，身体还如此健朗。他说："上帝生你下来，就判了你的死刑，只是缓期执行，死是不能拒绝的，自然规律无法抵抗。为什么不接受它！快快活活地过好每一天就好。"大概正是这种豁达的心态，让老人历经磨难而活力不减。

按理说，人到老年，性情多半平和了。可何先生不然，急躁的性格和旺盛的火气（活力的表现吧）在这短短的会面中不时表现出来。提出为他拍照，欣然同意。先在书桌边拍了几张，我觉得光线不好，又来到阳台上。阳台不大，放满了东西，好容易腾出一个空间，将凳子搬出来摆好，让他老人家坐下，总觉得他坐得不舒服，想着怎么请他调整姿势，坐得舒服一些。他知道了，动了动屁股，说吃了那么多苦，怎么坐都舒服。我还是迟迟没有动手，他急了，有些发脾气地说："你快拍呀，浪费我的表情。"跟他聊天和拍照，这种压力似乎总是存在。临别时，老先生送了一册《桑槐谈片》。

回穗不久，收到老先生寄来的《〈清代文字狱档〉读得》，刊于当年第六期。不久，又收到老先生来信并条幅一帧。信中称："手书并续寄照片大小七帧，均先后拜领，不胜感激，无以为报，手写条幅一张，奉上请纳。诗字俱劣，聊作纪念云耳。勿哂为幸。"条幅抄录何先生1994年与荻帆、冀汸、曾卓、绿原登庐山牯岭时写的诗："匡庐突兀据江滨，人道此身识不真。冠盖簪缨频枉驾，暴风骤雨几回轮。席间叱咤苍生病，岭上烟霞薄海呻。历劫登临皆白首，同俦相顾话前因。"很快（2006 年 2 月），老先生又来信："寄上新编拙著《艺文谈荟》的序文一篇，不知能刊于《随笔》否？倘可，甚感。倘不能用，务请退回，以便别投。如见用，希于 6 月份前见刊（因出版人说是 6 月份出书），如迟于 6 月份，亦请退回。"此段文字不仅可印证前次拜访时"天下孤本"的说法，而老先生对稿件发表时间的严格要求，正说明了老先生的严谨和文品。之后跟老先生的交往，更是有求必应。大概是 2006 年年底开始，老先生的身体每况愈下，但仍给我们一些力所能及的帮助。2007 年 3 月 18 日来信说："函敬悉。上次的信也收的，我因精力衰疲，作文毫无兴趣，所以未能效命，为疚。《随笔》嘱题识，我想说：《随笔》，高水平，高格调，既令人爱读，也极宜收藏。"

关于何满子先生的随笔文字，有不少大家极力推荐。诗人、学者林贤治先生更是高度评价，称他为中国最好的随笔作家，因为他的古典文学修养和文艺理论功底深厚，而且其文字没有受"新华体"的影响。记得，何先生在《谈毛笔字》一文中说："中国往古的文人写毛笔字都是积学而成，虽然也摹碑临帖，但真正的造诣还系于学养，即所谓'书卷气'。"我想何先生的随笔博雅、畅达，一定是源于学养，但又远不止此，比如说才识，比如说个性等等。何满子先生走了，但他的文字肯定不会被人遗忘。

2012 年 12 月

陈乐民

陈乐民先生是中国社会科学院欧洲研究所研究员，曾任所长、欧洲学会会长。他与夫人资中筠先生堪称学贯中西的双星。在北京拜访《随笔》作者的聚会上，我多次见到资中筠先生并聆教，而陈乐民先生因身体原因，不便外出参加聚会，所以我一直在找机会要去家中拜访。

终于约定了拜访时间：2007 年 8 月 10 日下午。这次拜访是我期待已久的，而陈先生显然也是有所准备。资先生应门，陈先生从里屋出来，精神不错。我简单谈了到《随笔》工作后的一些想法和情况，陈先生认真听完，便谈开了。他说，《随笔》最大的特点是"随"，不能办成《读书》，也不能办成《书屋》。《随笔》要在"随"字当中透露新的思想气息，批判也好，讽刺也行，篇幅不能太大，主要应是短篇。现在《随笔》上的文章似乎偏长了一点，宏大叙事太多，太沉重。《随笔》杂志从内容上讲是不是应该有三大块：一、批判性，对社会现象、政治文明进行研究批判，当然不能撞墙，要理性地分析批判。二、介绍一些域外思想文化动向，如法国、英国对社会的批判意识，或介绍外国的好的新的作家、作者的思想，这一方面我们中国很需要；现在对外国的介绍、对外国的兴趣都非常的简单化，关注点都在美国，这是读者的浅薄，好像认识了美国就认识了世界。三、优秀的散文，这是我非常向往的，一定是好的散文，它耐读，而且是一种享受，绝不能读后一嘴沙子。不赞成时下"美文"的提法。文章文体的传承，

纯粹的散文是需要的。有了这三类文章，杂志的特点就出来了。《随笔》不要变成一个圈子，变成同仁刊物。读者对象不应是搞学术的，而应是有文化底蕴的普通人。之后谈了不少出版方面的话题，如《冷眼向洋》，如《欧洲文明十五讲》等都是致力于让中国读者了解西方历史文化、思想政治，全面地知晓西方世界。

提出给陈先生拍照，他说老病不堪，还是不拍的好。资先生见状，在一边帮腔道：他好不容易来一次，就让他给你拍几张吧。一直在里屋的外孙女丫丫这时也出来了，好一个标致的洋娃娃。陈先生"拗"不过，同意了。有了外孙女在身边，陈先生轻松了许多，脸上也不时露出了笑容。

陈先生已经为我们写过不少稿，其中一篇《梦后速写》是写2005年9月的一个不眠的夜晚，翻看《随笔》上邵燕祥先生的《小随笔》的感触。稿件是用蝇头小楷写成，寄来时，上面贴了一张黄色的小便笺，用钢笔写着："秦颖先生：短文一篇，请裁夺。新年将至，顺拜年。陈乐民 05-12-8"可见陈先生随兴而至、简明扼要的风格。文章由《水做和泥做》这篇小文，联想到一点一点长大的外孙女丫丫，然后恍惚中进入梦乡，梦见在读波兰学者米奇尼克的文集，梦醒后，期望这样一个社会，"只有公民有发表自己意见的自由，而绝对没有权势者滥用权力的自由"。我想这篇文字，是典型的陈先生提倡的风格——随，随意而至，有感而发，也是最能代表他随笔文字的精品。

临走时，陈先生送了一本《在中西之间》。书的前言中这么写道："我这一生分三段：大学毕业以前读书；青年和中年当'民间外交'的国家'小公务员'；进入老年则忝列为'学者'，主要关注欧洲文化史这个范围内的问题。用两句话来说，就是：'欧洲何以为欧洲，中国何以为中国？'我想，其中我之所经历，我之所思所想，也许对于青年人了解所谓'另一代人'的生活环境、思想和精神状态有用处吧。"这是一本自传性的集子。

回到广州后，将照片冲晒出来寄去。资先生来信说："老陈比较喜欢笑的一张。"

介绍域外思想文化我们有过一些尝试，有一些成绩，但并不理想。陈先生将它作为一个重点来谈，让我有些兴奋，便推出一个宏大的计划：一是谈域外，即国人自己的研究介绍；二是直接翻译介绍外面的东西。为此写信给陈先生："后一方面我们没有任何经验。目前国内有个别刊物以及以书代刊性的图书把选编选译一些思想政治性比较强的文字作为一个栏目，我想这应该是一个方面的内容。有建议译介一些当代英美名刊上的专栏文章、随笔作品，这些似也是题中应有之义。这让我想起董乐山先生翻译到国内的一些书，如《一九八四》《第三帝国的兴亡》等等，他不是随意的翻译，而是有问题意识，看国内需要什么样的书，什么样的书对读者能产生知识补充和思想启蒙。您两老长期从事国际问题、西方文化研究，博通中西之外，对中国问题也看得透。从《冷眼向洋》的编写，正可看出两位先生的高视点和独特视角，显然也是先有了'问题'才会冷眼向洋的。"这些想法要实施并不容易。陈先生在身体情况非常不好的情况下，出于对《随笔》的感情和对晚辈的爱护，不仅对办刊提出意见和建议，还将随兴写作的文稿赐下，这已经是超负荷了。现在想来，颇感歉疚！

陈先生去世后，我们做了一个专题，选择照片时犹豫再三，最后还是选了现在这一张。因为，照片中，陈先生紧盯镜头的双眼让人感觉有穿透人心、穿透历史的力量。我想陈先生一定能理解我的选择吧！

2012 年 11 月

陈丹青

　　画家陈丹青 20 世纪 80 年代初，以《西藏组画》出名，可谓少年得志。几年前成为关注的焦点，却不是因为画作，而是 2005 年下半年辞去清华大学教授之举。"百度"上的画家、文艺评论家、作家定位似乎并不全面，忽略了他对社会文化的关注。

　　2006 年元月，借一年一度的北京图书订货会，我到了北京。行前给孙毅兄电话，请他代为邀约陈丹青。从大洋网购得《退步集》有一段时间了，行前随身带上。飞机上人极少，是不错的读书空间，展开书一路读下去。印象较深的是一篇开篇就讲到有人在沈从文前谈到李泽厚的《美的历程》，沈从文委婉地说，李泽厚看的东西还不够多，我愿给他看点东西。陈丹青接着发了一通感慨，"眼界是认识的前提"。我觉得陈丹青文字的冲击力，主要还是来自开阔的眼界和敢于说话。他 1982 年出国，不断地走、看、读，对一些事，特别是关于艺术的问题看得明白、说得透彻，至少是说得有见解。像上海美专的回忆，文章之外有一种亲切感人的力量。翻开此书的前环衬，我写下了这么一段话："看此书让我想起十多年前读董桥的两本小册子（《乡愁的理念》《这一代的事》）的感觉，眼界开阔。"

　　约会地点在北京建达大厦的"大江南"，孙毅、李静和我先到了。陈丹青推门进来，一身黑：黑线帽紧紧扣在头上，过膝的黑色呢长大衣，锃亮的黑皮鞋，点缀一军用挎包。取下线帽，浅浅的短发露了出

来。眼睛大而突出。脱下大衣，仍是黑色呢上装。穿着打扮收拾得格外细致，每一个细节都精心处理。人比照片显得年轻俊美。大概艺术家多是两个极端，要么是名士风度，要么是极端精致。

坐下后，我先从他的两张照片说起，第一张以美女为背景的，他马上解释说是编辑拼贴的。说到第二张在书架前抬头朝前看，牛眼大瞪，他说摄影师让他看书，然后突然喊他抬头出来的效果。我说这张照片给我印象很深。有人说到毕加索的大眼睛时，说那是被好奇心撑开的。他马上接话道："我现在对你就很好奇。"一下印证了我从他书中得来的感觉，机智、幽默、话带机锋。他又说进门见到我，心里一惊，这不是小号版的濮存昕扮的鲁迅吗？这里得说明一下。有半年时间，我蓄了胡子，原因有些可笑，因为拜访《随笔》作者，几乎谁都当我三十出头的小伙子，为了尊重作者，蓄起了胡子。陈丹青说的就是我蓄须时的样子。

见面就只顾着聊天，上了菜也没请大家开吃。陈丹青实在忍不住了，拿起筷子说："可以吃了吗？没吃早餐，真有点饿了。"于是边吃边聊。谈到许多事他都有自己的看法。比如以为国内的所谓自由主义者只是信仰自由主义，而并非自由主义者，他们的行事、著文都缺乏自由主义的宽容精神。回国后，他接受各种媒体采访，包括一些娱乐报刊，其出发点是理解和宽容。他强调这正是自由思想的前提。这种理解和宽容甚至包括了对性、暴力的态度。他认为，中国可说是世界上最大的色情国家，但对性又是极度的不宽容。我们聊天中说到他讲话著文的大胆无忌。他说其实是因为无知，不知禁忌。当然若知道，也许会更激烈而有的放矢。

我谈了见他的两个目的，一是请他关注《随笔》，出出主意，同时也为《随笔》写稿。他问随笔是什么呢？我说随心随意，有感而发。那你要我写什么呢？我说不定主题，由他定。他说不想写美国，从外面回来的人常常是说话夹英语，动不动外面怎么样，让人讨厌。若他拿美国说事，会让人觉得在卖弄或什么的。当然，即使写美国也是借美国说中国。我说这就很好，我们从来就是主张不为介绍国外而介绍国外，而是要立足国内的问题来谈，这样文章谈论的话题才不至于隔，才会让读者感到亲切。

谈到鲁迅，说是年轻时看《鲁迅全集》，连日记也看得津津有味，比如看他的书账：某日买一册女人体画。看到这，心里痒痒的，那时多想看女人体啊，连半张纸片也看不到。鲁迅竟一册册买回家慢慢看。谈到他的老师木心，称他是那一辈人中学问最完整的一个，没有断裂（指的是他的语言和文化跟汉语的传统和历史是一脉相承的），中西皆通。曾登堂入室，听课时将他所讲的一一记下。他特别强调，自己记笔记的速度非常快，记了有厚厚几大本呢。

聊天中不可避免地会谈到他说话写作的风格，胆大敢言。于是谈到了"自由"，陈丹青说"文革"中，在某种程度上人还是有相当的自由的，鼓动大家造反，其他目的不说，可也造成了一种自由空间，以后可以写写文章谈谈。这一观点还真有些独特，可惜那天没有展开，之后似乎也没看到他写文章谈过。对此我曾请教过周有光先生，他有些不以为然。最近看到资中筠先生的一篇文章谈到此话题，她说："'文革'的狂飙使全民陷入疯狂与愚昧，而混乱失控的局面又无意中提供了某种自由思考的空间，那种达于极致的荒谬反过来唤醒了许多人的理性和良知，心中的'神'一经动摇，人性就从混沌中开始寻找回归之路。"信然。

陈丹青回国后出的第一本书《纽约琐记》、第二本《多余的素材》，一直没买到。那天晚饭后，去三联韬奋图书中心，买到了后一本。一口气读下来，有一种亲切感。他是20世纪50年代初出生，我是60年代初的人，书里面谈到的一些生活跟我的经历有不少重叠的地方，许多篇什勾起了我许多的回忆。如学画画：我在妈妈任教的六沟龙小学读初小，李静老师的女儿五毛姐姐喜欢画画，于是晚饭后我常常跟着她去裕湘纱厂北面湘江边上的一个画室画画。后来还认真学了几年，拜湖南师大艺术系的殷宝康（油画）、蔡德林（国画）等等老师为师。又如书中提到王心刚是那个时代年轻女性的偶像，让我记起20世纪80年代初在沪读书时，有一次傍晚路过万人体育馆的情景，在脑海里那画面竟猛然跳将出来：三四位年轻女士在招贴栏前，对着里面王心刚的演出海报高声尖叫："呀，王心刚啊！"在这本书的扉页上，我写了几行读后感，其中一句是："文字清畅调皮而机智，看似闲散，却往往直指要害，颇具冲击力。"

可惜，陈丹青是个大忙人，之后虽然我写信追稿，始终也没有结果。

2012年10月

沈昌文

　　还是刚刚定下要做沈昌文先生的口述自传时，我建议书名可定为"知道"。以此用作书名，首先想到的当然是字面的意义。沈先生见多识广，知道很多事情，特别是 20 世纪八九十年代文化思想界的事情；后来细细一想，觉得这两个字还有更丰富的内涵，它还有"知'道'"的深层内容，这个"道"是沈先生在人生中悟出的道理和行事的方式方法。譬如说：他躲过种种灾难的生存智慧；他的出版之"道"："文化需要长期投资，品牌和文化形象是从长销书里边出来的"；他的办杂志之"道"："引而不发"；他的"跪着造反"之"道"：通过"《读书》服务日"搭建京城思想文化交流的平台，等等。

　　拜识沈昌文先生大概是 1991 年秋天的一个下午。我们来到朝内大街 166 号四楼《读书》编辑部，沈先生穿一件豆绿色的毛衣，一条牛仔裤，戴一副棕色大框眼镜。谈了些什么不记得了，只有一个细节印象深刻，谈话中，要找一位先生，沈先生顺手抄起手边的无绳电话打了起来，几轮电话下来，找到了此君，对方大概有些吃惊，问怎么能找到他的，沈先生说："我是追逐风的闪电。"后来，我问沈先生，这句话出自哪里，他说当时在编《新世纪万有文库》，这大概是其中一本英国诗人诗集里的诗句。这个细节颇能反映沈先生那种敏锐捕捉各种信息、追踪文化事件人物、幽默风趣的性格特点。20 世纪八九十年代，他就是出版界、文化界、思想界追逐风的闪电。

这天一起去吃晚饭时，沈先生叫上了编辑部的编辑，因此我认识了当时《读书》的两员大将：吴彬、赵丽雅。这以后，每次去北京出差，我总会约见沈先生。他是个信息源，北京书界、文化界的大小事情会迅速地汇聚到他那里，又迅速地传播出去。几年后，出了一个新词，叫"知道分子"，他说自己不够格做知识分子，知识分子要学问好、责任感强、抱负大，太复杂了，我担负不起这个责任、这个使命，我充其量是个"知道分子"。每次跟沈先生见面，都可以说是一次北京近期大小文化事件的快速检索，由此可定下后几天的行动方向。

饭桌上的沈先生，是最生动的，或者说，我认识的沈先生更多的是饭桌上的沈先生。那个时候，他最放松，谈兴最浓。他这一生的精彩片断，我都在饭桌上听过。从学徒年代在上海混饭吃，如何讨得老板的欢心、如何读夜校学会计学英语学摄影，到做假账、伪造学历报考上海人民出版社和来到北京；从给领导做秘书——在当时全国共产党员中最优秀的十来位编辑和出版家身边打下手，边听他们高谈阔论边做记录，到在他们对图书出版的讨论中接受了编辑培训；从《读书》杂志办刊的种种掌故、重大危机的化解（沈公书中是这么调侃的："批评文字总让人家不高兴，往往需要善后工作。所以，要有这么一个人，又是党员，又好像主持工作，又善于作检讨，不断到上级机关去作检讨。"），到三联书店的重建和专业定位，以及北京文化出版界、港台书界的种种消息，等等。

1995 年年初，我跟着湖南省新闻出版局的图书调研小组去北京调研。到京的第二天，我先去拜访了沈先生。先生知道我在编《汉英对照中国古典名著丛书》，听说我们第二天要去署里跟杨牧之先生座谈，便告诉我，杨先生正在酝酿一套中国经典的中英对照出版计划——《大中华文库》，到时不妨请教一下。第二天，座谈近尾声时，我找了一个机会，问及这一计划，杨先生颇有些吃惊。当了解到我们的《汉英对照中国古典名著丛书》出版情况后，非常高兴，第二天又就邀湖南出版社加盟《大中华文库》的事专门约谈。

　　那年去京前，我已定了南下广州工作。拜访沈先生时，我向他报告了此事，他很支持。而当时的我，要扔下已打下一定基础的湖南，到新地方工作，另起炉灶，心里有些不踏实，就此请教沈先生怎么办，想求个锦囊妙计。沈先生善解人意，却又很机智。对这么一个具体问题，他没直接回答，而是谈起了他在三联书店当总经理时的做法。选题策划只要两个人。一个负责往前看，一个负责向后看。所谓往前看，就是关注新的、原创的、前沿的、跟时代合拍的选题。"'向后看'不仅仅是一个人两个人或者一群人的主张，更是当时历史阶段上中国大陆文化发展的实际需要。""我主持三联书店的初期，可以概括为：靠几位见识通达的老人，做外国的老书……就是现在回过来看，那些外国老书还没有过时。"沈先生不动声色地给我上了一堂课，最最重要的一点就是点明了出版的一个常识，策划的方向性问题。接着他话锋一转，说其实周作人、叶灵凤介绍过的西文书，还有不少没翻译进来。为了有一个直观的认识，他又带我到三联的书库，找三联以往编印的图书目录，我现在手上还收藏了一本《1986—1998 图书目录》。后来，我根据自己的兴趣爱好和长处，选择了往后看，出了一系列书，其中《经典散文译丛》中的不少书，如《昆虫记》《塞耳彭自然史》等等便是从周作人的《知堂书话》里翻出来的。

　　大概是 2003 年，口述历史流行，沈先生这么个传奇人物，值得出一本。当年的一次旅京期间，跟沈先生在三联韬奋图书中心的咖啡座里聊天，提起了这一话题，不想竟与沈先生当时的计划不谋而合。他正跟费孝通先生的助手张冠生先生在谈做口述自传的事。而这一建议，据说还是费老给冠生的任务。费老在做《世纪老人的话》这本书时说："不能光是一个人或几个人，赶快找人，赶快找老先生，赶快抢救史料，请他们说话，这些话，不是场面上的话，是灵魂里的话。因为 1957 年后，中国的知识分子受伤是伤到骨子里了。现在有些话留下来，对整体的判断、诊治我们民族精神曾经受到的深刻伤害是有益有价值的。"听

我提起此事，沈先生马上说你们可见见面，便抄起电话打过去，约冠生来一起吃晚饭。

　　每次去北京出差，我必定是要见沈先生的。因为熟悉，因为亲切，因为总能有所收获，还因为想着沈先生会领我去一家特色餐馆吃一顿解馋。沈先生的"吃"，也是他"道"的一部分，多少大事都在饭桌上的笑谈中解决。据沈先生说，通过吃饭来进行一些活动，是三联书店老前辈的一个传统。这是他在给领导当秘书时，接受潜移默化的结果。到他主持工作时，就是通过"《读书》服务日"，喝咖啡、开饭局，团结了一大批学者、作家。还在 90 年代初，我初识沈先生的时候，就听他说，他办公室里的食品储备，够吃一星期的。冰箱里什么都有，厨房里必需的设备一应俱全。每到《读书》发稿日，他就会做一桌菜，大家边吃边

聊，将问题和食物通通消灭在饭桌上。沈先生现在还经常在外面吃饭，他给自己的标准是每餐六十元，但常常超过了，因为总有人请他吃饭聊天，预算标准就留作下一餐了。五六年前，我对他的《京城美食地图》计划还心存期待，可是他说，不行啊，现在餐馆太多了，不停地有新的推出，我只接触了千分之一吧，没法写啊！

给沈先生拍过无数照片，选来选去，还是选中了这一张。三联韬奋图书中心二楼咖啡座里微弱的光线中，先生西装革履，滔滔不绝在讲什么。西装加身，难得一见；稍稍发虚的图片给人一种温暖。

2008 年 7 月

周有光

我偶尔会看看凤凰台。某个周末，打开电视，正好是采访周有光先生的节目，老先生正在谈下放宁夏的故事，本来那是极苦的地方，可在他嘴里却是有趣加好玩。他谈到大雁粪雨，说是一生中非常有趣的遭遇；又说"五七干校"不准看书，却有个好处，不用脑子，失眠症好了。这种达观的人生态度，一下子便感染了我，留下了深刻的印象，也喜欢上了这位老人。

一天在《随笔》编辑部聊天，说起这节目。被追问："为什么不去拜访一下？"这当然是玩笑话，当不得真。2012 年，我开始整理《随笔》期间拍摄的照片，写摄影手记，承《文汇读书周报》看重，开了一个栏目陆续刊登。发了几篇后，编辑来信说，希望不只限于《随笔》的作者，特别希望写写在文史哲方面有影响力、身居北京的老先生。这是一个严肃的提议，也是我非常有兴趣的事情。

我首先想到的是去拜访周有光先生。接下来的问题是如何取得联系。我想到了吴彬大姐，向她求助。接到我的请求，尽管她认为可能性不大，但还是慷慨地告诉我，周老的对外联络，都是由他的儿子周晓平先生负责，给了我一个电子邮箱，并嘱切勿外传。

我马上写了封信，在说明意图之后，又写到"家父在湖南师大教现代汉语，对汉语拼音的推广以及湖南的方言调查都做过一些工作，也因此，还在我读小学的时候，就从父亲口里知道了赵元任、吕叔湘、周有光……有光先生年事已高，提出这个请求，非常冒昧。在先生身体情况允许，而又有兴趣的前提下，希望您能考虑我拜访的请求。"很快，我收到周晓平先生的回信："我爸爸周有光同意你在某个时间来访问他。请写一个提纲寄来再另约时间。"

兴奋之余，我赶紧写了一个提纲发去。以往拜访《随笔》的老先生们，都是编辑与作者的关系；以采访者的身份进行的拜访，拟写提纲，对我来说是第一次。因为一年一度的北京图书订货会在1月11日至13日，我希望利用出差期间拜访。晓平先生回信："谢谢你发来的提纲。明年1月13日是他的生日，来看他的人可能很多，不知你13日以后来是否可以？请你想一下，我们再电话联系。"

摄影是我的重点。通常，我都是随机拍摄，没有什么预设方案。给周老拍照，很难得，所以郑重其事拟了一个提纲。1. 周老有一个绰号：周百科。记得看他和张允和先生的一些居家生活照，背景中可见书柜里摆有全套的英文版百科全书，可以之充满背景，拍一张侧身坐照。2. 周老喜欢喝红茶，每天上下午定时，与太太举杯齐眉，是游戏，也是互重互爱的表达。拟拍一张背景纯粹，周老双手捧着杯子停在齐腰处，低头看着杯子里的茶，若有所思的照片。3. 大雁粪雨的故事，反映了周老性格的多面，行事谨慎、未雨绸缪、通达乐观、笑看生活。用草帽做道具，让他表现或还原那种模样。4. 拍一张我喜欢的大头像，人物总是直视镜头，眼睛的动感会传递出丰富的信息，揭示出对象内在的一面，或表现众人看不到的一面。5. 随机抓拍等等。

我于11日中午抵京，接下来是繁忙的观展、听会、业务拜访。12日晚终于得空，给周老发了个贺寿邮件。马上收到回邮："明天（13日）下午3点后可以来我家……不知你有空否？"一定是冥冥中的神佑，上午、中餐、晚餐都已安排，下午的空当难道是专为拜访周老而留下的，这可是周老一百零八岁的生日——一定是！

3点，经历了一番波折，我赶到了后拐棒胡同周老的寓所。周老刚刚起床，大概是他的孙女接待了我，让我稍等，一边忙着在 iPad 上收邮件，内容是前一天《新京报》举办周老一百零八岁寿诞活动的系列文字。很快周老准备好了，我走进了那间"熟悉"的房间，周老坐在他的"宝座"上，我快步上前，伸出双手，感受了周老那不大、温热、绵软却不乏力量的双手的一握。周老示意我在桌子对面坐下。这时，晓平先生进来，连说抱歉，睡过头了。

采访从教育问题开始，这也是我家目前最关注的问题，太太学的是教育，儿子目前还在读大学，很想听听周老的看法，想知道他心目中的理想教育。特别是资中筠先生在某次电视台的节目中说的一句话流传很广，说现在的重点大学是"招天下英才而毁灭之"，也想听听他的意见。

我注意到，周老拿到提纲，看了第一个问题后，就在"毁灭之"三个字下面画了杠。他接受的采访多了，很有经验。开始答前，他说，为了录音的方便，让我把问题先念一遍。问完，他笑了起来。说资中筠教授的话当然是开玩笑。应答的机智巧妙，不得不佩服。接下来他大谈现代中国教育制度之源，批判苏联教育理论，强调通识教育的科学合理。

他说："新中国成立以后，引进苏联的教育制度。苏联的教育制度应当说是错误的，我们目前已经改变不少了，但是还是没有完全脱离它的影响，这是我们教育改革中必须要做的工作。以前的教育制度，拿我的经验来说应该是比较好的。就像游艺课，就是一个非常好的制度，我建议可以拿一两个学校来尝试游艺课的制度……这个方法是很成功的，我的同学当中有好几个人都在游艺课里面成了大人才。比如刘天华……他是中国音乐的开创者、二胡大师。他就是游艺课里培养出来的……苏联教育引进中国的初期强烈反对兴趣，认为兴趣是资产阶级的产物，这是很荒谬的。重视基础教育和鼓励自学，这是两件事情。我先谈重视基础教育。什么叫重视基础教育？基础教育是三门课：国文、英文、算学，这三门课很重要，是必须要考试的，其他许多课程都不考试的。我们中学的时候，中文都是古文，可以写文言文章；英文呢，都能讲、能写；数学是基础数学，都学好了。所以到了大学，你不仅能用古文来读古书，还能用英文来学新的知识。到了大学就可以不用学英语了，英语已经能够用了。假如你再学英语呢，就是要提高一步了。现在学生的困难呢，就是到了大学都要补英文，花了很多时间，大学里应当学的知识就学不到了，这是一个很大的困难。那个时候呢，拿游艺课来讲，就是你想学什么就学什么。上午是三课，没有四课的。9点钟上课，现在是8点钟上课，弄得孩子们苦死了，许多孩子都睡眠不足。睡眠不足是学不好学问的，这是一个大事情。以前，我写信给总理，建议要注意这个事情，不过效果不好。我们引进苏联的教育制度，苏联大学的目标都是培养专家的，苏联的大学毕业生都是专家。我们那个时候呢，大学毕业生都不是专家。大学是培养好的基础，培养健全的人格，培养独立思考的能力。这样子呢，大学毕业后可以进研究院，即使不进研究院，也可以自修，就能发展。这个原理就叫通识教育（liberal education）。这个原理是非常好的，很成功的。我们到今天都没有很好地引进。新中国否定胡适提的原则。但胡适了不起，胡适在美国学的什么东西呢？教育学！现在有几个人去美国学教育学啊？很少了！这就是一个很大的问题，值得引起思考。我建议要派一些人到美国去学教育学，我们的教育方法要学美国，把苏联的影响放弃，这才是一个捷径。"谈教育，周老信手拈来，一口气把现在教育为什么如此讲了个透，同时提出了自己的意见。

最后，他做总结道："我再讲几句。我呢，已经没有办法参加社会活动了，所以现在的教育情况我不是很了解，都是朋友讲的，对不对呢，我也不知道。不过朋友都来讲，我们的中小学里有很多的无效劳动，累得要死，学生苦得不得了，学生在中学小学经历了一个很不幸的青年时代。"

"坏时代能做好事情"，这是周老的名言。由此我想到"文革"，这个坏时代，是不是也有好的一面呢？特别是史景迁先生说从大历史的角度看，"文革"是合理的。

周老没有关注过史景迁的书，前面所讲的关于"文革"合理性的说法，具体是指什么，他让我具体解释一下。我说，大意是"文革"是土改的延续，把中国几千年的土地关系和宗族关系彻底打破，造成了全新的社会底层结构，可以在上面建立起一个全新的关系，进行数目字的管理。

周老对此不以为然："他（史景迁）不懂中国，不懂苏联……土改是要完全消灭地主阶级，把中农也看作是地主阶级，也要消灭掉。中国呢，更进一步，把中农还要分两种，上中农要消灭，下中农保留。他们完全不了解地主不完全是剥削农民啊，地主是农业生产的组织者、投资者、设计者、指导者、管理者，是农业发展的一个动力。苏联莫斯科大学有一个教授，汉学家，他现在去世了。以前，他每年都到中国来，都会跟我聊天。他告诉我苏联的土改破坏农业到今天还没有恢复。彻底破坏，破坏得很厉害。他告诉我农业离不开水利，小水利不通了，就通大水利，没有人注意小水利。什么叫小水利呢？给你一片田，你在一片田里许多小的水利问题，这个是要地主来解决的，国家没办法来解决的。还有土改把农田分的一小块一小块，这俨然是小农经济，这是错误的。中国的农业到今天还是这样子的。美国刚刚相反，鼓励土地兼并，要把小土地变成大土地，变成大农业，机械化、科学化。所以，美国的农业是最发达的，它跟中国走的道路完全相反。

"这里有个有趣味的历史故事。美国跟日本打仗，日本打败了，美国命令日本重新订宪法。日本订宪法根据日本了解的时代进步的条件来订的，当中有两个条件是学三民主义的。民生主义当中有两个原则：平均地权，节制资本。三民主义在当时被认为是非常进步的原理，日本也学了这两个原理，把它们订在宪法里面。美国人一看，不行，这两个原理美国都否定了。日本人不能理解啊：三民主义是进步的东西，我们学三民主义为什么是错误的呢？美国说三民主义早已过时了。平均地权，就是将土地平均分配嘛，分成一块块的，农业就完了。美国是鼓励土地合并的，要大农场、机械化、科学化。美国鼓励大资本吃掉小资本，这样才能有力量来发展新的技术。这个故事中国人很少知道。

"日本没有办法，只能根据美国的原理来修订宪法。美国什么都超前一步，所以它能够成功。日本人一开始不理解，很多年后才明白。日本有一个教授以前常常来看我，现在去世了。他就对我说：'日本最大的幸运就是打了一个败仗。'这当然是开玩笑，但说得有道理。因为日本的封建特权荒谬得不得了。在'二战'后，把这个特权彻底否定了，这样子就能真正自由发展。"

对这个问题，周先生似乎早有思考，脑子里的东西已经多得装不下，一旦开闸，就倾泻而出。

周老是汉语拼音之父，虽然这方面他谈过很多，我还是想听听他对现代汉语的快速、巨大变化，以及格律诗又有很多人开始提倡的看法。它们彼此能相容吗，诗歌将怎么发展下去？

对这个问题，周老认为，首先要先弄清楚汉语变化很大，大在什么地方。"中国从清朝末年就开始一个运动，叫语文现代化运动。这个运动到现在是一百多年了，已经告一段落了。'语文现代化'这个名称从前叫'文字改革'。'语文现代化'这个名称是语言学家提出来的，普通老百姓不这么讲。这个一百年，'语文现代化'搞的什么工作呢？搞四项工作！第一，从方言到共同语；第二是简化汉字，标准化；第三是白话文；第四是汉语拼音。这四项工作都是从清朝末年开始的，一直到今天一百年，已经告一段落。我们制订了《语言文字法》，就是肯定这一百年的进步，由教育部来推广。这个所谓'语文现代化'就是做了这四件工作，这是成功的。

"格律诗呢，他们要做就做，不做就不做，这只是个玩意儿，这不是中国语文发展过程中的重要事情。做或不做都是无所谓的，不做也可以。"

晓平先生在一旁接这个问题问道："白话文诗歌，它可以有格律，也可以没有格律是不是？""是的，不是说白话文诗歌一定没有格律。英文的诗歌就是白话文诗歌，它也有格律。我认为，我们提倡白话，从小说来讲呢，发展到沈从文是成功了；从诗歌来讲呢，发展到徐志摩，成功了。今后的发展呢，在他们两个人的基础上可以往前进。文言格律诗你可以做，可以不做，看你高兴。这个从历史来看不是一个重要事情，我今天可以写古文嘛，没有人禁止我；我今天可以写古诗嘛，没有人禁止我。我也喜欢古诗嘛！读书的时候我也天天练的。这个无所谓的，这个不影响整个文化界定。'语文现代化运动'一百年经过了多少个段落，每个段落的名称是不一样的。第一个段落名字叫'拼音字运动'，后来叫什么运动什么运动，整个来讲叫'语文现代化运动'，这是已经成功了。"

简化汉字一直有人提出不同的意见，我做译文编辑的时间比较长，接触到不少译者，对汉字简化提出了很多不同意见。有一位译者高健先生就说过：现代汉语无法实现语言的丰富、洁雅、厚重、自然、轻快，必须用方言、文言、隔代语言等，要吸收这些来补充。

开谈后，周老的声音越来越大，中气十足。谈着谈着，他忽然停了下来，打开抽屉，拿出一板小电池——耳机没电了，刚才音量的提高，可能也与此有关。他熟练地取下耳机，换上新电池，不到一分钟，整个动作流畅自如，一气呵成。

因为装电池，对刚才的问题，没有听清楚。于是晓平先生在一旁将问题概括，说："现代汉语不那么高洁、不那么美丽，非要引用点古代汉语才文雅；汉字简化对翻译产生了很多问题。"

"先讲汉语白话美丽还是文言美丽？每一个民族都有这样一个思想，认为古代语言是美丽的。印度也是这样子的，认为今天天天讲的东西是不美丽的，这是一个错误的想法。为什么呢？人都是这样子，大家不会的东西是好的，大家都会的东西是不好的。可是你不能不讲今天的话，你不能用古代语言来讲话嘛！所以，白话文是自然的事情。你喜欢文言，你认为它是美丽的东西，你可以学古代语言，可以学古文，没有人能禁止你。可是你不可能用古代语言来广泛的传播，这是不行的。"

我再次将高健先生的观点提出，问周先生怎么看。

"这是完全错误的概念。他可能只懂翻译，而不懂语言学。许多语文很好的人，都不懂语言学。语言学是一门比较专门的东西。你知道吕叔湘吗？他就写过一篇文章，他说许多有学问的人，一开口讲到语言学都讲错了。还有许多不懂语言学的人就瞎讲，比如杨振宁就瞎讲。杨振宁从国外回到中国来，到了香港他就发表演讲，讲中国语言文字怎么好，都是讲外行话。外行听听好像是很有趣味的，内行语言学家一听都是笑话。因为语言学是一个专门的东西，许多名词普通人都不能理解。比如汉字有'词、字'，有'词、数字'，很多人连这个是最基本的一些概念都不懂。语言学是一个专门的东西，不能希望每个人懂的。可是，许多人认为：我会外语，我当然懂语言学。陈伯达就讲了，语言有什么可学的，大家不都会讲话嘛！他们不知道语言是一个专门的东西。就好像他（周晓平）是研究物理学的，这个我不懂，不可能懂的啊，我要懂就要花很多时间去搞。所以吕叔湘的文章说，许多人写文章都达到了语言文字的水平，但一开口就讲错误的话（谈这个问题时，周老每讲完一段，就会笑起来，兴致颇高）。

"譬如有一个讲法是非常普通的：英文是多音节的，中文是单音节的。所以，中文适合于汉字，英文适合于字母。很多重要人物都这么讲，但是从语言学的角度来看这都是外行之至（不停地笑）。

"以前有一个杂志，好像是湖南出版的，叫什么我忘记了，他们就来问过我这个问题，我给他们写了篇文章说明这个问题，说明一个原理：文字决定于语言的类型。有个很有名的学者写了一篇文章就犯了这个错误，那个杂志就来问我，我就写了一篇文章解释这个问题。这不能怪他们，很多人都不了解这个。"

他的回答有些跑题了。我又追问：译者不是在谈语言学，而是在谈实际使用中的一种感受，您怎么看这个问题？

"翻译，中国人翻译佛教（典籍），佛教（典籍）是印度文，翻译的时候，在唐代中文就不够用了，许多佛教词汇在中国是没有的，在翻译的时候需要创造新的词汇。什么叫观音呢？观音就是创造的新的词汇。什么叫作罗汉呢？都是创造新的词汇嘛！今天观音和罗汉大家都在讲。什么叫阿弥陀佛呢？都是外国话嘛！所以，在翻译的时候必然遇到我们词汇不够用。唐代翻译佛教（典籍）促进了中国语言文化，这是中国语言史上的一个重要事情。普通人不懂这个事情。他可能是一个翻译家，可能在翻译的时候遇到困难。拿这个语言词汇的丰富不丰富来讲，英语语言词汇最丰富。英文词汇的丰富性比中文的词汇多得多。"

接着周先生的话，我说：英语总是面对不断有新词进来的问题，英文要不断地加长。拼音字母的劣势就表现出来了。江枫说：拼音字母不是方向，而我们的方块字才是方向。

"许多新的词汇，很多都是美国来的。因为美国发明新的东西，就有新的词汇。这个电脑本来是没有的，那电脑怎么翻译呢？叫 computer，日本就叫它 computer，当时日本人谁都不懂。中国呢，不行！翻computer 行不通，最后翻来翻去翻成了'电子计算机'，台湾译成'电脑'，大家就都接受了。台湾翻译的跟我们不一样，新的东西就有新的词汇，有新的翻译。新的翻译要稳定很难。翻译家严复讲到翻译困难，就说：'一名之译，旬月踟蹰。'他的翻译东西很多中国人都不接受，后来日本的翻译语言传到中国来了。"

我又问到，江枫先生是激烈的反文字改革一派，曾写过不少文章，其中一篇叫"文字改革不妨暂停"。您怎么看？

"文字改革已经暂停了啊，不是'不妨暂停'。什么叫暂停呢？文字改革就是'语文现代化运动'，这个运动是从清朝末年开动的。做了四件大事情：普通话、白话文、简化字、拼音。到今天已经告一个段落了，可以说是暂停了嘛。我们今天有《语言文字法》，就是肯定一百年的成果，由教育部来推广，实际上已经是停了，所谓停就是告一段落。以后要怎么进行呢？就是要研究嘛，要研究不是一句空话来讲的。不过，我讲的暂停和他讲的意思是不一样的。他讲的'暂停'是否定这个运动，我讲的'暂停'是肯定这个运动的。"

问答进行了一个多小时。结束了采访，准备拍照。周老虽然配合，却远不像刚才那么兴奋了。也许是有些累了。房间开了一盏大日光灯，跟窗外的光一样强。我想使用单一光源，请晓平先生关了灯。周老马上问："为什么关灯？我要亮！"晓平先生建议戴上眼镜照相。周老不愿意。孙女跑进来说："戴上眼镜，戴上眼镜。"可他就是不同意。"我不戴。""不戴太难看了。""不自然。"看来，周老有很强的自主意识，给他拍照面临了很大的挑战，我开始担心他会不同意戴草帽了。

按照事先的计划，我说出了拍摄的构想。先提出以百科全书为背景的想法，原以为书放在了其他房间，这时才知道，因空间太小，两套英文的，一套日文的全送掉了，只剩下架子上这几本，只得作罢。第二张是喝茶的照片。晓平先生说，他爸爸现在不喝红茶了，也不愿意吃水果，只好打成汁给他喝。周老很配合，只是我不敢再要求按我原来的想法摆姿势了。但拍出的一张却是别有趣味。我以为这张照片反映了周老现在生活的全部：书房的狭小空间，背景小书架上的书，表明了他的生活常态；杯子停举在半空，双目微闭，若有所思，可能是在想念允和先生陪伴的日子或思念某位好友亲朋，也可能是短暂的小憩，还可能是回味刚刚看过的东西……当我小心翼翼地说明带了一顶草帽，想请周老戴上拍照时，竟然马上获得了应允。晓平先生直接就把帽子扣在了周老的头上。周老说，在宁夏戴的草帽比这宽大很多，说着还用手比画了一下。"像墨西哥大草帽，"晓平先生在一旁解释。那种草帽我是见过也戴过的，只是如今城市里已找不到了，就是到乡下，可能都不容易。

得告辞了。晓平先生说，我一走，他爸爸得马上睡一睡。上午已经接待了七八批客人。

一百零八岁的生日，多么的充实啊。

我的提纲本意只是想提个话头，没想到他竟是逐一作答，而且看得出这份提纲周老事先并无准备，有些还特别陌生，可一旦明确了问题所在，马上回答或加以批驳，应答是环环相扣，思维开阔，展示了他的博学多闻、机智敏捷，还有旺盛的生命力。

2013 年 2 月

宗　璞

　　跟宗璞先生约定了拜访的时间后，心里有一点小小的激动。早就读过《南渡记》，去北京前又买了宗璞先生的作品选集，以及《霞落燕园》阅读。知道那将要过访的燕南园 57 号，就是大名鼎鼎的三松堂。冯友兰先生在《三松堂自序》的序中说："'三松堂'者，北京大学燕南园之一眷属宿舍也，余家寓此凡三十年矣。十年动乱殆将逐出，幸而得免。庭中有三松，抚而盘桓，较渊明多其二焉。余女宗璞，随寓此舍，尝名之曰'风庐'，谓余曰：已名之为风庐矣，何不即题此书为风庐自序？余以为昔人所谓某堂某庐者，皆所以寄意耳，或以松，或以风，各寄所寄可也。宗璞然之。"

　　2006 年 8 月 26 日下午，我们早早来到北大校园。跟宗璞先生约了下午 4 点，时间还早。绕未名湖走了一圈，近 3 点半，这才往燕南园走去。我们在一排盆景竹子后面的院门右上方找到了 57 号门牌，门关着，像久不启用，推推纹丝不动。往院子里看进去，一条田字水泥板铺成的路一直引向房前，门前有一棵大松树，那条路继续绕过房子通向一个月门，路两边一种白色花开得正旺。只好打电话了，宗璞先生接听，说门没关，可推门进来。门卡得比较紧，可能开门有技巧。用蛮力推开，进去了，护理在房里门口招手，进门走两步穿过过道左转进了客厅，一位女士微笑着站在那，眼睛炯炯有神。我有点吃不准，这是宗璞先生吗？来前听说她身体欠佳，通电话时，感觉比较吃力。可面前这位女士并不显老，第一眼看甚至不能用"老太太"这个词来形容。

坐下后，宗璞先生先谈了对《随笔》的看法，特别提到了几篇文章。请她给《随笔》写文章，宗璞先生说现在写得少，精力不够，还在写一个长篇，如果有一定给我们。我还想坚持一下，说写写回忆录可能会轻松一些，写作之余权当休息，先生没有回应。又建议，看看有没旧作，适当改改。另外，关于《随笔》，也希望给我们一个评价、介绍或期望之类的文字。"这个倒可以想想，以后寄吧。"

准备拍照时，见背后墙上，有副对联，很高大：于书无所不读；万物皆有可观。很有些年头了，是清乾隆时一位陆氏所书。想着怎么能拍下来。先生微笑着说，这联口气好大的。拍了几张，回放给先生看，她说："眼睛不行，别说这，就连你们也看不清。眼睛前两天刚做过治疗，打了一种药，外人看上去显得很有神。"我说，那等会我们合影一张，放大了给您寄来，可用放大镜看。我对宗璞先生的书房充满了好奇，提议去书房拍摄，先生说书房太乱，不方便。于是在原位上，用闪光拍了几张。看到窗边小桌前，光线不错，先生说平常总坐在那里看报。麦婵搀扶着宗璞先生过去坐下，宗璞顺手拿起小桌上的放大镜，想对着麦婵看，举到一半，又停下了。大概感到不妥，自己笑了起来。麦婵先是一愣，接着也乐了，说您看，没关系的。宗璞先生说，其实在窗边，光线好，大致可以辨认。

还在开始拍照前，宗璞先生就提出可到外面花园走走。我们来到外面。宗璞先生反复提醒要小心蚊子。可院子里只看到一棵松树，我们好奇地问了起来。原来，有两棵枯死砍掉了，现在在原位上各栽了一棵松树苗，不说，还真不会注意到。

准备告辞，宗璞先生说很高兴，你们真有意思。

回来后，将照片冲晒出来给先生寄去。不久收到宗璞先生的信，是打印的："今接来信，才知道你没有收到我发的邮件。你们来舍后不久，我发过电邮给你们。我给《随笔》写了一句话'《随笔》是我的老朋友'，可以吗？旧稿不多。有一篇讲《红楼梦》的，因不满意搁了下来。现再改改看，改成了就寄上。照片真好，许多年都没有这样好的照片了。谢谢你。园中白色的是玉簪花，我有一篇散文《报秋》讲到它。手牵的枝条是连翘，春天时为月洞门镶一道金色的环，很好看。（签名）宗璞 2006/9/26 "信后面又用笔附记："因怕电邮收不到　再寄一信。"短短几行字，可见先生的细致和认真。

宗璞先生的文章不久寄来，发在 2007 年第一期，题为"感谢高鹗"。宗璞先生为这一期的"《随笔》影像"写了简历："宗璞，原名冯锺璞，1928 年生于北平。1951 年毕业于清华大学外文系。曾任《文艺报》《世界文学》编辑。后调至中国社会科学院外文所英美文学研究室。1988 年退休，长期从事业余创作。在小说（长、中、短）、散文、童话等方面各有收获。并有短诗，评论，译作多种。作品已译为多种文字。"

那次拍的照片，晒了好几张寄给先生，其中有两张作了放大，一张是沙发上的剪影，因为曝光不足，有一种特别的怀旧效果，人也显得年轻；另一张就是这一张坐在小桌旁侧脸看窗外，慈善宽厚、面带笑容。在作专题时，我们征求先生的意见，她喜欢后一张。

注：燕南园因位于燕园的南部而得名，占地四十八亩，初建时主要作为燕京大学外籍教师的住宅，按照当时校内所有中外教室住宅的编号顺序，燕南园的住宅被定为 51 号到 66 号，这一编号从燕大到北大，一直没有变更。今天，在某些宅院的门口，还能看到黑底白字的木门牌。20 世纪 50 年代初，由于扩大校园，燕南园西墙的北端向外延伸，于是又有了一个新的宅院，编号为 50 号。内部装饰具有典型的西洋风格，铺设木地板，楼梯设在屋内，屋里有供冬天采暖的壁炉，上下两层楼各有独立的卫生间。

2013 年 5 月

杨宪益

　　因为编辑《汉英对照中国古典名著丛书》的关系，还在 20 世纪 90 年代初，便拜识了杨宪益先生。从萧乾先生那儿得到了准确地址和电话后，1994 年 9 月 6 日我走进了友谊宾馆的外籍专家公寓（杨先生在他的《漏船载酒忆当年》后记里，写了那一年 6 月搬到这里，原因是为了夫人戴乃迭看病方便，又近女儿。从雷音所著之《杨宪益传》看，这次搬家还有些别的不愉快。有诗为证："辞去肮脏百万庄，暂居宾馆觅清凉。""无端野鸟入金笼，终日栖栖斗室中。"由此我也大致知道了之前我的多封信没得回音的原因了）。进门就是客厅，正对门是客厅的一扇侧窗，左手靠墙处摆了一玻璃柜书，窗与书柜之间是其他房间的房门。我被让了进去，坐在一张单人沙发上。杨先生和戴乃迭女士坐在对面的长沙发上。杨老听我谈了我们在做的"汉英对照丛书"，觉得当然很好，但译者是个难点。20 世纪 40 年代，好像有过一个计划，要做一点古典的英译，那个时候还有像叶公超、孙大雨、罗念生等一批人在，古文根底不错，英文又好。现在，要么走了，要么译不动了。作为国立编译馆最后一位馆长，杨先生的话不是随意说的。不过，他对我们先从过往的译本中择善本推出却是很赞同，并表示他的译本尽可拿来用，如需授权只需写一个东西给他签字就行。

　　杨先生那天兴致很高，谈得兴起时，有人端上饮品，器皿是那种当年常见的圆柱形玻璃杯，白白的大半杯液体，还以为是矿泉水。杨

先生说，来，我们喝点酒。他端起来，就这么来了一大口。惊叹之余，我只能跟着端起杯子抿了一点。谈话中不知怎么聊到了"大跃进"时期，他说当时，上面要求他们的翻译也要上一个台阶。总在一旁静静听谈话的戴乃迭女士忽然插话进来："我们每天都得翻一番（翻）。"双关用语颇为形象，逗得我们笑了起来。就这么一句话，英式的诙谐幽默展露无遗，那些不堪的往事都付笑谈了。翻看杨老的自传《漏船载酒忆当年》可找到相关的记载，1958年"大跃进"期间没日没夜地译书，"快的像发了疯似的"，"鲁迅的《中国小说史略》只花了十天功夫就译成了"。

江枫先生听我说起在杨先生家喝酒，便问："杨先生家挂了一个匾：古来圣贤皆寂寞。知道是什么意思吗？"当然知道，"唯有饮者留其名"嘛。也是这次之后，我知道先生的豪饮声名远播。这匾额我没有印象，可能是挂在百万庄外文局的宿舍吧。但杨先生在自己漫画像上的题词："难比圣贤冒充名士，不甘寂寞自作风流。"我是见过的，的确是他的自况，但名士绝不是冒充。

目前，我手头还留有杨先生给我的三封信。从杨先生的传记得知，他很少写信，所以，这几封信显得格外宝贵。兹抄录如下：

秦颖同志：节前您来我家商量重新出版《红楼梦》及《儒林外史》中英文出版事，我原来很愿意，但外文局又来说他们还在出版此二书的译本，他家再出版不太合适，并对过去所为表示歉意。我看既然他们不愿意，我也不好意思一书两投了。实在抱歉，他们虽没有道理，究竟是我的原单位，不好意思同他们再讨论。合同一事只好作罢，谨将您的合同寄还，非常抱歉，请原谅。祝好　杨宪益　10 月 5 日

随信，他还附上了给外文局提出问题的原稿复印件。

1995 年，我又跟杨老联系，讨论出鲁迅文集和史记选的问题。杨老回复道：

秦颖同志，谢谢你的信和书，书的水平很不错，我很满意……鲁迅文集我很愿意有人译全，我搞过全本野草，朝花夕拾，呐喊，彷徨，故事新编，中国小说史略，及一些杂文，都由外文出版局出版，此外外文局还出版过一本鲁迅诗集（英国汉学家詹纳尔译），还有一本《两地书》（英国 Bonnie Macdargel 译）这一本尚未出版。这些不知外文局能否同意给你们。关于史记我也译过本纪世家列传几十篇，再译下去精力恐怕不行了，最好有人合译。希望你们的事业顺利。祝好　弟杨宪益顿首　五月二十日

7 月，我调广州花城出版社。但仍在继续手头没有做完的一些工作，这封信的内容还是《红楼梦》的问题。

　　秦颖同志，关于红楼梦的版本问题，是这样的。外文局在"文革"前（大概是六一年左右）要我们译红楼梦根据一百二十回通行本，才译了一部分，"文革"开始了，当时江青要抓红楼梦的英译问题，告诉外文局，译文前六十回要根据八十回本改正，所以又重新根据当时俞平伯校订的八十回本改译（俞校订本也是人民文学社出版的）。外文局当时又请教了专家吴世昌先生，由他校订。情况就是这样。文中如茗烟改为焙茗等都是根据吴世昌的意思。我们不是红学专家，手头也没有红楼梦所以无法再帮你忙，只好请你去找了，有空来北京，请抽闲来玩。祝好　弟杨宪益顿首　十月三十一日

　　之后，我不再做汉英对照之类的图书了，却是偶尔会去杨老那里聊天。中间曾一度失去了联系，那是戴乃迭女士去世后，他搬出了友谊宾馆，几经转折迁居到了什刹海小金丝胡同小女儿杨炽家。关于这一次搬迁，他的诗中有记录："来时仓促别匆匆，五路郊居一梦中。宾馆去春辞旧宅，小楼昨夜又东风。独身婉转随娇女，丧偶飘零似断蓬。莫道巷深难觅迹，人间何处不相逢。"日子在对往事的回忆、对亲人的思念和对朋友的期盼中滑过。

　　再次见到杨老，已经是2005年了。那一日的拜访我有详细记录：

　　2005年5月17日，早晨早早起来，吃过饭，就往后海赶，去杨宪益先生家。出租车送到郭沫若故居前就让我们自己找进去。于是一不小心游了一回胡同。早晨下过雨，地下湿漉漉的。一开始就走岔了，问路于一位老先生，正好他也往小金丝胡同走，于是随他快步穿行于胡同里，真有些跟不上。沙沙的脚步声和踏水声在幽静的胡同里清晰可闻。约十来分钟后，老人指着左手边的胡同说，这是小金丝，往前是大金丝。我们谢过，便沿胡同挨着门找。走了大半圈也没找到，这时一位妇女过来说，另一边也是小金丝，并说是那位老人特地让她来

告诉我们的。原来是一个环形胡同。绕了个弯,又走了三四十米,发现一个门洞有藤萝从里面爬了出来,繁茂可爱,两扇桐油油得黄黄的木门,虽裂纹不少,有些陈旧,却恰到好处地显出了房主的风格。估计就是这里了。好不容易在左上角的藤蔓深处找到了红色的小门牌"小金丝胡同6"。

9点整敲门进去,见杨老没多大变化,只是不能行走了,坐在沙发上,慈祥地看着我们笑笑,为不能起身道歉。入座后随意聊天。我们提起了听邵燕祥先生说他有一本自印的传记在朋友间流传。杨先生说是一个叫雷音的朋友写的,这本传记的好处是一直写到最近,不过有些情况为道听途说,不是很可信。

谈到希望他写写回忆录。他说不觉得有什么值得写,别人看得很重的一些事,如坐牢,他都以为没啥,再说现在写字也不方便。"坐牢比住医院舒服,我住过三次医院,坐牢时我们有不少人在一起,很有趣,可戴乃迭是单间,很无聊。"我们建议他用录音机录下,可他还是以为没啥好忆的。如果有人作口述记录,倒是可以,但所经历的人事太多,最好是有人提问,否则无法回忆。问什么,只要是知道的都可作答。在我们带去的《随笔》上看到一些熟悉的作者,便问:见到了李辉吗?他好久不来了,因为这里不好停车,我的朋友走的走老的老,来看我的只有黄苗子、丁聪等。很是伤感。

拿出相机拍照时,看到我拿着相机折腾,杨老忽然来了兴致,说:我年轻时也玩过这玩意儿。第一次看到别人拿着相机拍照是在游轮上,一些日本人拿着到处在走,我觉得很新奇。后来自己买了台玩了起来。你们现在拍照不用换胶卷了。又说,一些朋友给他拍了不少照片,可拿来看看,要用的话,随意用。

临走,杨先生送了两本书:《漏船载酒忆当年》《杨宪益传》。前一本是他的英文传记的译本,原名叫 *WHITE TIGER*(白虎星照命),改用此名大概是因为有删节,当然还有记忆的遗漏,"漏船"有了双重的含

义。后一本就是在朋友间流传的自印本。

之后，只要有机会，我就会去坐坐。因为杨老说了："你们随时可以来。走到附近了，可进来坐一坐，喝口水。"无论是事前预约，还是临时登门，杨老总会说："行，什么时候都行。"这是他回答访客的口头禅。有一次跟缪哲一起去，谈话间缪哲说起他的朋友刘皓明，是在看了杨先生译的《奥德修记》后，下决心学拉丁文的，现在成了大学者。又谈到大学时拜访罗念生先生，罗先生说杨宪益整天喝酒不做事，他只好自己译了许多古典作品。杨先生听到此笑了起来，承认年轻的时候有些混日子。他还忆及当年在重庆，梁实秋让他译《资治通鉴》，接了活儿却没当真，一个月只翻译一卷，最后不了了之。

虽以译《红楼梦》知名，杨老却说最不喜欢"红楼"，虽然它是古典小说中最成熟的一本。他更喜欢看《水浒传》《镜花缘》。谈到为什么译"红楼"，杨老回忆说："解放后有一段时间，周扬把我从外文局借走译文件。后来外文局觉得吃了亏，说你是我们的人，也得为我们做事，有几部名著要译，你就译《红楼梦》吧。当时我连一遍也没看完过，译它是奉命而作。里面的人物，贾宝玉、秦可卿、王熙凤有点意思，比较喜欢。"

杨老的打油诗颇有些名气。问他讨最近的诗看，杨老说：诗写了就扔，有的给朋友拿走了，没留。那边是我的卧室，你们可以看看。

卧室墙上有一首诗："早期比翼赴幽冥，不料中途失健翎。结发糟糠贫贱惯，陷身囹圄死身轻。青春做伴多成鬼，白首同归我负卿。天若有情天亦老，从来银汉隔双星。"是戴乃迭女士去世后他作的悼亡诗，也是他目前心境的写照。

谈到抽烟喝酒，杨老说，酒是一次住院后，因为一针把脚打瘫了，把酒瘾也打没了。因此对医生颇有微词。他说还专为此写过一首诗。我拿出笔记本请他写了下来："无病莫求医，有病少吃药。医来必有病，药多必无效。"曾听舒芜先生谈到当代诗人时提起过杨老。大意是，聂

绀弩第一，他这一派诗人没人承继，另外几人大致可算一派的魁首，杨宪益的打油诗，启功的自嘲诗。我曾有过一本杨宪益先生的《银翘集》，其中像"久无金屋藏娇意，幸有银翘解毒丸"这样的名句还记得一些，可惜书却是怎么也找不着了。

他的住室外面有花园，屋顶有露台。杨老从来都让我们随意看。还记得第一次去露台的印象，在那里拍出的照片，晒出来后，感觉比现场还好。从背景看，这是一个老北京。地平线上是鼓楼和钟楼，中景是一片灰瓦的平房。于是我想，杨先生最后住到这里，大概这也是原因吧！

给杨老拍过无数的照片。我最喜欢的还是他在后海小金丝胡同里坐在沙发上看着窗外的这一张背影，宁静而祥和；这情景跟我记录的这些交往琐事和闲谈，都表现了杨老曾经沧海之后的达观平静。正如罗素所说的，人到老年应该像江河一样，经历了高山峡谷、激流浅滩，最后来到入海口，面对海洋的博大，不再有躁动，徐缓流淌，波澜不惊。正是这样的境界！

2013 年 6 月

姜德明

2005 年 9 月经舒展先生引荐，拜访了姜德明先生。出门前，舒先生先行打电话报告，并一直陪我到了姜先生家楼下。远远便看见姜先生在楼门口等候，真是愧不敢当。

进到厅里，几面墙全是书。入座后，姜先生对办好《随笔》提出了建议。首先，思想解放的特色应该坚持；其次，文体和题材可丰富一些，适当地加入一些小随笔、杂记、感想，不宜把《随笔》办成一份政论性的刊物；再次，主干之外，散文、掌故、游记等等都可以发一些，像何满子、黄裳的文字应该多多争取。他特别提到，《随笔》创刊时，肩有复兴散文的味道，此一特点仍可保留。

"复兴散文"在姜德明先生这儿是有重要的意义的。他在一篇序文中曾说："我的迷恋散文和书话，自然出于个人的爱好，但与我从事的专业亦有关。从五十年代中期我编文艺副刊始，领导上就分配我管散文和读书专栏等。当时胡乔木责令《人民日报》副刊要承担起复兴散文的任务，即恢复和继承'五四'以来新文学史上散文所取得的辉煌成就。既然讲'复兴散文'，这就意味着当时的散文创作已近衰落了。"《随笔》于动乱之后创刊，对散文创作的衰落，更是负有复兴的责任了。这复兴，也更需要包括姜先生在内的散文家、作家的共同参与。

姜先生话不多，但短短的时间里，却把《随笔》的传统大旨概括传递，也将对我这位年轻主编的期待和提醒融入了谈话之中。姜先生跟

《随笔》的渊源极深，20 世纪 80 年代，他的家几乎可说是《随笔》的一个联络点，邀约作者、纾解困难，给杂志不遗余力的帮助和支持。创刊之初，姜先生还从茅盾先生那里讨来题字，如今这题字已是标志性的图案，是杂志的 Logo。这事还是舒展先生在送我到姜先生家的路上，特别告诉我的。

拍照就在姜先生的书房进行，照片冲晒出来后，我忽然有一个发现，原来，坐拥书城可以是那么的自信、淡定和满足。

姜德明先生是山东高唐人，1929 年生于天津，是著名藏书家。曾任人民日报出版社社长，中国散文学会副会长。著有《与巴金闻谈》《姜德明书话》《书衣百影》《书边梦忆》等。《相思一片》获 1989 年全国新时期优秀散文集奖。

2015 年元月改定

钟叔河

一

我的办公室始终摆放了一本书，《走向世界——近代知识分子考察西方的历史》，说始终，似乎也不尽然，其实这本书在家和办公室之间来来回回过无数次，最后定居在了办公室，成为我编辑工作的压舱物。我喜欢钟叔河先生的文字，大概就是从这本书起。此书1986年暑假购于长沙，起因跟陈旭麓先生有些关系。记得一次去拜访陈先生，他刚刚从湖南参加完一个近代史的研讨会回来，知道我是湖南人，便说这次去长沙，见到钟叔河先生，读了他写郭嵩焘的文章，非常佩服。他说曾指导自己的研究生写过郭嵩焘，但"姜还是老的辣"。此话给我留下了极深的印象。

钟叔河先生主持的《走向世界丛书》是当代出版史，乃至改革开放史上的标志性事件。该丛书新世纪重版时，我得到过钟先生馈赠的全套精装本，深感珍贵。他说，"我编《走向世界丛书》，是有这么一点理念的"，"中国的问题，不是哪一个人受屈不受屈，受的待遇公正不公正的问题，归根结底是一个要不要走向世界、能不能走向世界的问题"。钟先生是从牢房出来后，通过"走向世界"走向了中国读者。钱锺书先生就是读了他编的这套书，想跟他晤面，并进而建议将所写序文结集单行，表示愿意为之作序。多年后，杨绛先生在给钟先生的信中说："他

（钱锺书）生平主动愿为作序者，唯先生一人耳。"

跟钟先生的缘分始自1987年。那年是我硕士研究生临近毕业时，冒冒失失地给钟先生写过一封信，希望到他主政的岳麓书社去工作。可这时，他正闹着要调离湖南去四川。他回信说，不想在湖南搞下去了，"刘正同志和孙南生同志在谈话中表示不能放我走，至少是在目前，但我却没有同意。你是否可以先暂时在长沙找一个接收单位（非教育系统的），等到下半年或明年再看情况呢？"这原因我后来看先生的文字知道了大概：出版曾国藩、周作人的书，很多人反对，告状说他偏爱汉奸，不出革命回忆录，这种背景下，社里举行了民主选举，一人一票选总编辑，他落选了。

到湖南人民出版社工作后，我去岳麓书社拜访。临走时，钟先生送了一本他编的《知堂序跋》。记得他将书递到我手上时说，周作人的文章值得读读。我想，他是认为我这个出版新人，如果想把文章做通的话，需要读读周作人吧。他有一篇文章回忆儿时阅读对他的影响："后来觉得，还是周作人的文章经得看，每次都有新的感觉。他的文章看起来是平淡的，却有着更深的意思；去解读这个更深的意思，就给了我的好奇心广阔的空间。我后来有一点写作能力，就是从看这些文章得来的。"而对我来说，送这本集子还传递了另一些信息：他当时的工作重点是努力实施刊印保存周作人的文字。前一年，刚刚公开选编出版了解放后第一本署名"周作人著"的新书《知堂书话》，在短短的序言中说明了为什么要出版它。他说，因为这是上乘的书评书话。同时又辩称，自己对其人的学问文章知道得太少，没资格评价。只是知道："第一，周作人'已死'；第二，'他读的书多'。"与此同时他又在着手编订重印《周作人自编文集》。钟先生在很多地方都谈过他编周作人著作的事，在《我编周作人的文章》一篇中，对此事的来龙去脉作了详细的交代。文中引鲁迅、巴金、胡适三个左中右代表人物的评价作为佐证，说明自己为什么"倾倒于周作人的文章之美"和深刻的文化批判，也间接地表达了对那些"以人取文"的"反文化"的态度的批评。他反复强调编辑出版的"目的是存文，至于因文而论人，或不论文而论人，则超过了我的能力，也不是我的本心。所以我自己不写周作人，也不参加关于周作人的讨论，一心一意就编书"。埋头做，不争论，可看作钟先生的出版策略，显示了他的智慧。

多年后，我南下花城出版社不久，先生在一封回信中又说到周作人："《随笔》近年倾向似颇'左'，比如骂周作人，我看就没什么意思，一则他'已死'，二则比他还该骂的人事还多，三则即使确有该骂的理由，其文章也还是可以欣赏的，比如说培根，马基维里……中国人吃不宽容的苦已经够多了，何其自己也不能学得宽容一点乎。"这是私房话，这里引来，无非想为先生偏爱周作人提供一个鲜活的例子。

有个故事很能说明钟先生的急智和性格特点，也说明曾国藩、周作人的书在他手上能够出版并非偶然：一次逛旧书店，他发现一个人正从架上抽出一本民国二十五年出版的《查泰莱夫人的情人》，这是他早就知道而一直不得一见的奇书，可人家先拿到，怎么办？他急中生智，转身直奔柜台，拍桌子道：你们真的不像话，我仔伢子趁我不在家，把我的书拿出来卖，你们也不问青红皂白就收下了。你们看啰，那本"查泰莱"就是其中一本，我要赎回来……这事他在《买旧书》一文中有详述。

二

1990 年，湖南人民出版社停业整顿期间，我被借调到湖南新闻出版局图书处。当时处里的一项主要工作是制定"八五规划"，钟先生经常受邀参加专题研讨会，于是跟先生的联系多了起来。会场上，他手里总是握支笔，捏着个小本子，不时会在上面写些什么，但显然又不像在做笔记。一次，我正好坐他边上，大概他看出了我的好奇，告诉我：

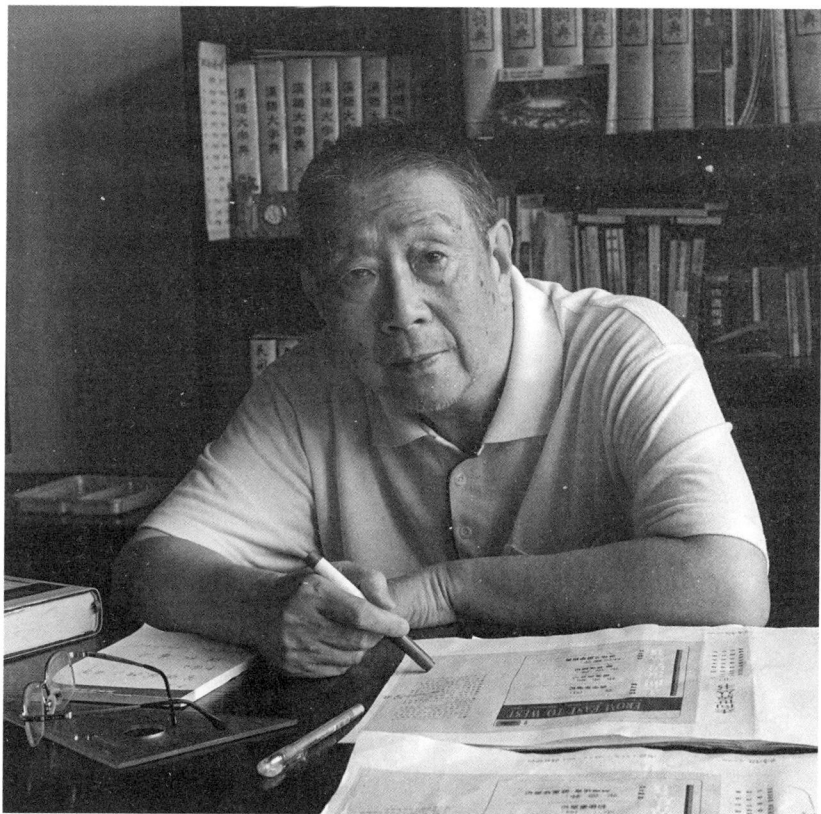

开会很浪费时间，所以会上常常会开开小差，思考一些问题。他有个习惯，随时将忽然冒出来的零散想法记下来，上厕所也不例外，为以后写文章准备一些材料。对他来说，珍惜时间，抓紧读书思考，是悠悠万事唯此为大的。记得一次在他家，聊到家务事，他说，时间花在家务上可惜，所以在家里经济极困难、月收入只有二三十元的时候，也拿出近一半的钱请了一位阿姨在家帮佣。这才有了朋友李普夫妇到访，钟先生自己竟然不会开火，只好请他们自己动手的一幕。

他的家那时就在出版局隔壁的家属楼，大概在这个时期，我"登堂入室"了。印象深的首先就是书架上陈列的木工刨，感觉似乎跟出版家、学者的书房不协调，同时也觉亲切，小时候父亲为我考虑的出路之一是学门手艺——做木匠。在《我家的摆设》中，他主要谈的就是这细木工刨。钟先生对自己一生的概括，以这篇文章最后一小段最言简意赅，又意味深长：

> 我从小喜欢制作，如果允许我自由择业，也许会当一名细木工，当可胜任愉快，不至于像学写文章这样吃力。但身不由己，先是被父母拘管在桌前读《四书》、《毛诗》，1949年误考新闻干部训练班，又未蒙训练即奉命到报社报到，想进北大学历史考古亦不可能。1957年后，作为为党国服务的知识分子，是被投闲置散了，但为了谋生又不得不忙于做工，身体和精神上反而觉得充实了不少，尤其在能够在屋里放一条砍凳的时候。1979年平反改正归队了，坐办公桌又忙了起来，业余时间也无复操刀使锯的自由。如今已经离休，照理说应该有时间做自己爱做的事了，可是八楼上连钉一口钉子都怕妨碍邻居，只好仍旧以编编写写打发时光，真真苦矣。

苦中有乐才是这句话的全解，否则，先生文字生涯不会这么出彩，我也不会有被先生领入书房，从架上取下图书，兴致勃勃地翻给我看他在书上做的眉批的一幕。不记得那是哪一年的事，大概是为了请先生为《汉英四书》写序上门的吧，他取出的书大概跟王韬参译理雅各中国经典翻译工程有关。眉批多是几个字的内容提要，或疑问或指误。这在先生是读书的小习惯，对我来说却是受益终生的读书技巧。从小听父亲反复说的"不动笔墨不看书"，这时有了更深一层的理解。动笔墨，对帮助记忆，理解原文，方便以后查检都有莫大的好处。先生编过一册薄薄的《曾国藩教子书》，每篇前用几个字概括题旨，大概就是这一习惯在编辑工作中的应用。钟先生说，他喜欢给编的书做提要，最少一个字，最多八个字。这种提要、边注和夹注（最早见初版的《走向世界丛书》

单行本）可以提高读者的阅读兴趣。这种方式，以后有不少人学样，但似乎得其形者居多，原因当然是学养学识和文字功夫的差异了。

接触多了，对《走向世界丛书》背后的故事也了解得多了。虽然当年李一氓先生高度评价说：这是他"近年来所见到的最富有思想性、科学性和创造性的一套丛书"。但正如很多图书一样，编辑出版过程都会一波三折，对编辑都是一个考验。按当时出版社的惯例，每个编辑一年只有四个选题。而钟先生认为，丛书若是"一本本出冒（没）得用，必须集中出。最好是一年把一百多种出完。我一个人的能力最多出十多种，但实际上又是做不到，那时候要分选题"。为了解决这个问题，钟先生曾提出把自己三年的书号集中起来，一次出十二本。后来因为岳麓书社拆分出去，反倒使一个月出一本的想法得到实施。一关过了，又有难题。出版社的老传统是从来不允许编辑搭车发表自己的东西的。先生给每本书写的前言因此不允许刊登。可这些旧籍新刊，若无合适的前言说明引导，对广大读者而言，不易进入，阅读效果会大大打折扣。钟先生在权威刊物《历史研究》上发表研究郭嵩焘长达四万余字的文章，意在证明他的研究能力和水平，并不是随意在自编图书上夹带私货。于是有所突破，前言用假名刊出。等到丛书形成了气候，有很好的反应后，这才用上了本名。

20 世纪 80 年代初，在出版界焕发新生、地方出版社走向全国的改革大势下，钟先生以他对出版的理解，在技术规程和出版理念上大胆寻求突破、机智灵活地应对，这些尝试和突破正是 80 年代湖南出版改革的重要细节，也是引领出版风向的重要因素，使得怀揣理想主义的一代中老年及新编辑能逐步实现或部分实现自己的梦想。

钟先生多次谈及，他最想出版的三套书是《走向世界丛书》《现代中国人看世界》《外国人眼中的中国》。这是他的出版理想。他说："我只编辑出版自己喜欢的图书"。他以个人的喜好，力推了周作人、曾国藩的文集。但那三套丛书，他却只完成了半套，即《走向世界丛书》前三十六种；《现代中国人看世界》交给别人出过的几种，与他的初衷颇有距离，而《外国人眼中的中国》虽反复推荐，最终都没有落地。谈及此，钟先生颇有些伤感。

三

作为一个出版家，钟先生对图书的装帧、制作也是颇为讲究的。这一点从《小西门集》的出版流转过几个省市可见一斑。《小西门集》在先生心目中的地位很高，他说自己的书，最看重三种：《走向世界——近代知识分子考察西方的历史》《学其短》《小西门集》。该书先由山东画报出版社接受出版，南京的书籍装帧艺术家朱瀛椿仰慕先生，主动请缨设计，因设计制作拟用的材料特别，朱先生提出在南京印刷，以便监制，画报社难以办到，于是由朱先生出面联系，转到南京的出版社。南京的两家出版社在书稿编审中，都提出要删节部分内容，钟先生不答应，书稿又辗转到了上海、广州……最后还是在岳麓书社出版了。从这件事中不难发现，他对装帧制作固然讲究，但还是可以妥协的，不能妥协的是对内容的损害，他宁弃形式也要保存内容的完整。

有感于此，我曾专门请教先生，请他谈谈书籍的制作和装帧。他说：

> 书的功能是给人阅读，不是摆看的，收藏上架也只是手段，目的是让更多的人读。所以我出版书，最起码的要求是一定要摊得开，便于开卷展读或把读。现在很多书，一定要两只手才能翻看，还要用劲压住，手一松就自动合上。而两只手拿握读书，持续时间不可能超过二十分钟。那这种书还有什么意义呢？现代生活节奏快，读者静下来在书桌前读书的可能性很小，多在床上、马桶上、车船地铁飞机上，书便于方便轻松的拿握显得尤其重要。当然典藏图书要讲究装帧质量，但那始终是第二位的，第一位还是方便地

读，轻松地读，带来读书的愉悦，而不是带来苦恼，觉得费劲。否则就和书的本质相矛盾了。其次是装帧。书有适合的装帧，和内容相适合调和的形式，有美感很重要。装帧艺术很重要，但它始终是一种实用的美术，首先要满足实用，它必须与其设计对象的功能相符。德国是个出版大国，出版的图书有各种开本，但都是整张纸裁印。出版社是以大宗产品作为工作研究的对象。异形开本脱离了书的本意，是邪门歪道。太个性的趣味产品当然也可以尝试，偶尔为之，但那是特例或私人定制之类。

他以为，过分追求形式，忘却了书基本的功能是现在装帧设计的一个不健康的倾向。如精装的书做成毛边本，完全不懂毛边本的功能意义。他对国内胶钉的广泛应用和技术上的粗糙也颇有微词。

对装帧、制作品质的要求反映了钟先生作为一个出版家的专业精神和审美情趣。先生送我的书中，我特别喜欢他更换自制封面的《偶然集》，"偶然"手稿的底纹上印上行书"偶然集"三个字，特种纸淡淡灰蓝色与蓝字浑然一体，书卷味极浓。这本 1980—1999 年二十年间文章的选抄，本来列入了《文艺湘军百家文库》。先生以"怯于从军"，"怕跟不上队"为由头，将手中的百十本书重做，并在后勒口印出勘误表。给我的信中，先生说得直白："我不喜欢湖南文艺出的那一本什么《文艺湘军百家文库》，已将我的一本在我自己心目中'撤销'了。"这些事不仅表现了先生的雅趣，也表现出了他性格中的孤傲乃至洁癖。

四

湖南人民出版社撤销、湖南出版社建立后，我从出版局图书处回到了单位。开始做《汉英四书》，没想到第一版八千册很快销售完，也接到了不少读者的反馈意见，开始着手准备修订重版。修订重版前，我认为在一定程度上，这套书跟钟先生的《走向世界丛书》的主旨有关联，理雅各的翻译，是中国经典走向世界过程的重要一环，于是请钟先生写序。钟先生一口答应了下来，同时也对我提出了要求，他说我应该好好研究一下《四书》的西传经过及对西方的影响，这一要求使我在编辑工作中又找到了一个切入点，接下来的几年里，我写了一系列经典西行的文字。

可钟先生的序言迟迟没有动笔。也许他不认为由他写序是个好提议。在他终于将文章给我时标题是空着的，在《文汇读书周报》上发表时，用的题目为《理雅各译〈四书〉》。他写的是书话。文章中说："秦颖准备出版《汉英对照中国古典名著》。老实说，最初我有过一点担心。因为我不太明白它的读者究竟该主要是中国人还是外国人。而且既是古典名著，也恐难找到合适的译者，如果要新译的话。"显然他对这样的出版思路，是有些想法的。文中委婉地表明了自己的看法的同时，又非常明确给予了肯定。我想这是先生的善意和厚道，给我这初生牛犊留了余地。

先生对我的每一个努力和成果都很关注。《大家小集》出版后，我寄过几种给先生，待我去拜访时，他说：丛书名很好，但本子过大，已经不是小集，而整体编选水平也参差不齐。他又说："选集最容易做，做好却不容易。选的标准是其一，好的导言是其二。选本必有自己的观点和看法，'我'喜欢的文章就是最靠得住的标准。按'我'的口味选，总有同口味的人会喜欢，也只有如此，才能做点有个性的事。"收到我和邹峥华编辑出版的《昆虫记》全译本后，来信说："《昆虫记》十册收到，此乃吾兄一大功德，但集体翻译不知译笔总体水平如何……但无论如何《昆虫记》在咱们这个东方大国总算有了全译本，虽可悲，亦可喜也……《塞耳彭自然史》记得给我寄一册，读后如译文差强人意，当为写一小文。《昆虫记》则篇幅太大，一下子难得读完。"两年后，我寄去《昆虫记》的修订本，先生来信道："《昆虫记》能够这样出，虽然前后两种还来不及比较对照，就凭这一点，也就不让汪原放在'亚东'印了程甲本又印程乙本的壮举了。"钟先生的夸赞颇有艺术，一般来讲，大的方面，只要有新意、特点，总是会加以肯定，而具体的东西却从来不会马虎，连版式也不会放过："你出版的，书装帧都好，版式却稍嫌拥挤。"

先生也不时会给我一些出版指点。如多次提及《走向世界丛书》余下的几十种仍可出版，却碍于工程太大，而钟先生又不能参与具体的编校并撰写前言、后记，以一家文艺出版社来承担近代典籍的重任，挑战和风险均非一般。又如《外国人眼中的中国》，是先生出版的心愿之一，希望我能做出来。可工程也是不小，搭班子、找翻译等等都非短期可成，而初到一地，自主权不大，加上急于出活儿的心态，畏难退缩了。大概在 2000 年，黄永玉先生到湖南开画展，同时去登门看望他，之后不久，我去拜访。先生对我在广州的工作很关心，聊天中说，最近黄永玉来访，谈到北欧一位画家古尔德森的《童年与故乡》马上要出版了，于是建议他作一本画传，文、画、诗结合。让我不妨主动联系，争取争取，并将黄先生的电话、北京通州万荷堂的地址抄给我。可这事我缺少知其不可而为之的冲劲，终于没有行动。

我常常会跟先生讨教。记得到广州不久，曾起意组织一套教子书系列，想请钟先生出马，重点当然是他的《曾国藩教子书》。他回信道："出教子书系列是个好想法，我这里左宗棠的有十三四万字也可以成一本。当然也不能都是儒家正统观念的，也有的以道家或禅理教儿孙乐天知命、顺其自然的也可选一二种。"但花城出版社当时的付酬标准长期没有变化，有些偏低。我知道，书愈小，编选愈难。而当时版税还是个新事物，虽然责任共担，彼此放心，但多年按字数付酬的惯性还很强，何况是编选的读物。此事没成功。前面说到的《小西门集》为先生看重，当该集子在南京、上海走了一圈，却总是阴差阳错、出现意外时，先生想到了我。我欣然领命，却又因当时我不在出版一线，虽是极力推动，但遇人事变动，时间上没能抓紧。这时岳麓书社上门索稿，先生实在是碍于情面，加上这书变故太多，遂将《小西门集》给了他们。待到我这边落定，那边已经出版了。

　　始终没能为先生出版或是请先生主编策划过书，成了我的一大遗憾。近年，去看先生，多次提到这一遗憾，先生能理解，但我却不能原谅自己。希望将来，会有机会吧，我想！

2015 年元月 12 日

莫　言

　　莫言获得诺贝尔文学奖，诺贝尔委员会给他的颁奖词为：莫言的作品"将虚幻现实主义与民间故事、历史与当代社会融合在一起"。他的得奖，在中国产生了震撼效应。

　　莫言在接受记者采访时，也表达了这种震撼——"惊喜又惶恐"。同时他又是自信的，当被问及"是什么打动了评委"时，他说："这是一个文学奖，授予的理由就是文学。我的作品是中国文学，也是世界文学的一部分，我的文学表现了中国人民的生活，表现了中国独特的文化和风情。同时，我的小说也描写了广泛意义上的人，一直是站在人的角度上，一直是写人。我想这样的作品就超越了地区、种族、族群的局限。"并表示，仍会将大部分精力放在新作品的创作上。这个莫言是真实的。

　　我与莫言有过一面之缘。这场相遇纯属偶然。2005 年 1 月 17 日，我开始了做《随笔》主编后的第一次出行：拜访北京的作者。我住在前门大街附近的一家快捷酒店，行前约了文学批评家张柠教授下午 3 点来酒店，他带着爱子如约到了。学者、翻译家缪哲当时正在清华读博士后，他的太太正好到了北京，也一起赶了过来。晚饭前又约了《北京日报》的编辑、作家李静等。正准备外出用餐，张柠接到莫言的电话，邀去后海晚餐。张柠不想扔下我们，而我们这一群人有七八个，一起过去太夸张，便婉言谢绝了。

我们在前门大街上逛了一阵，没找到合适的地方用餐，干脆打车去了后海。与莫言一起的大概还有三四人，我的校友、风头正劲的河南籍作家李洱也在座。我们人多，不能当食客，于是反客为主，由我们做东了。那是一家客家菜馆，在大堂的一个角落，将两张方桌拼了起来。我和缪哲坐在莫言左右。

一向善侃的缪哲努力想跟莫言聊天，但学识渊博的他，却没法与莫言聊得开，只能是一问一答。不熟悉可能是个原因，但我总的感觉是，莫言不太善于言谈。

当时在饭桌上，谈到了诺贝尔文学奖。大家都认为莫言是中国目前最有实力问鼎诺贝尔文学奖的作家之一。谈到此，莫言以为世事难料，往往呼声高的最无可能。张柠打趣道："你获诺贝尔奖的那一天，记者去采访你，你打开门说，别采访我，去采访张柠。"莫言道："你会对记者说，这完全是场误会，莫言怎么能得诺贝尔文学奖呢？"这跟莫言获奖后表示的"惊喜"是一致的，他很向往，却以平常心待之。

当时，作家"走穴"，写电视剧很盛行。谈到这个话题，莫言表示不太愿意写，因为"写电视剧要折中妥协的东西太多，花的时间也不少。与其如此，还不如潜心写一部长篇，从经济收入上看，也是如此"。莫言并非没写过影视文学剧本，上面短短的一句话，我认为是他的切身体会，也是他对自己文学创作的坚守和自信，他的作品都挺畅销，所以，不愿意在电视剧上浪费时间。

获奖后，不少人说他是一个心静的人。以我的一面之缘留下的印象，也是如此。不，应该说，他是一个比较纯粹的人，与世俗始终保持一定的距离：不愿写电视剧，与商业化保持距离；无官无职，与政治保持距离。几乎他的所有作品，都在故乡高密这片土地上展开，通过潜心经营"高密东北乡"，莫言创造了自己的文学地理世界，并且往历史的深处挖掘，向乡村的广阔空间延伸。

这天的饭桌上，还有一个让我印象深刻的事情。莫言问我："广东

在搞文化大省，干得怎么样了？"我很惊讶。原来，2004 年他到广州时，媒体采访，问过他对此的看法。他说："广东本来就是文化大省，岭南文化独具特色，何来建设一说。"关于历史、文化，他很有自己的见地，即使是偏于一隅的广东，也没有脱离他的审视范围。

那天没有给莫言拍摄肖像，只有饭桌上的留影。大概是场面太乱，光线太杂，无法下手。他这张端钵子喝汤的样子，很"东北乡"，很本色吧！

2012 年 10 月 14 日

流沙河

　　到《随笔》后，是要跨省专程拜访作者的，但比较早地到了四川成都带有很大的偶然性。温靖邦的长篇历史小说《虎啸八年》前三卷出版，四川省作协开作品研讨会，于是 2005 年 3 月借开会之机来到了成都，而拜访寓居成都的流沙河先生便成了第一选择。

　　拜访前听说他身体不好，胃疾甚重；但见到人，觉得气色还不错。我简单谈了几句接手《随笔》后的想法和做法，如保持原来特色、调研、建影像库等。流沙河先生接下去说开了：《随笔》有四万册的发行量，很好了。《随笔》文体单纯，单纯中又显丰富。各家随笔各有各的性格，这便是丰富，话题博杂也是丰富。晚清办刊始，就叫杂志，杂志者，杂也。杂而有特色就容易生存。丰富内容可以，谈国外也行，像蓝英年、严秀。但谈外国，不能离开中国问题。目前中国转型中引发的种种问题，是所有中国知识分子关心的问题，而《随笔》的读者，是最关心中国问题的一批。作为文化思想类刊物，抓住这个问题就抓住了读者。以史为鉴，还要以邻为鉴。

　　2005 年是"二战"胜利六十周年。沙河先生说以往我们的宣传只谈抗战，不把抗战当作"二战"的一个战场宣传，利用廉价的民族主义，这是不行的。他又说到那天下午要去晚报谈如何安排设计抗战六十周年的版面，沙河先生说他准备跟编辑强调必须打开眼界，明确是"二战"结束六十周年，利用这个机会，在"二战"的问题上，谈论的口

径与国际接轨。关于"爱国主义"的说法，他认为，"爱国"成了"主义"，就是一种学说，学说是不含任何感情的。余光中先生对他说"爱国是一种感情，不是一种主义"。他从小就是被这种感情所制约。

回到"二战"话题。沙河先生认为应该将台儿庄与诺曼底、中国战场与太平洋联系起来考虑，这样可打开国人的视野，认识到中国与世界是息息相关的。

对《随笔》上的文章，沙河先生认为文字应有共通的地方，谈思想、谈文化我们始终应该围绕着现在，但不一定直接去谈。

沙河先生又谈到自己阅读的口味以及对《随笔》的期待。他说他既读《随笔》也读《万象》，正如吃菜，有多种口味。《随笔》是宽泛意义上的知识分子杂志，介乎《万象》和《读书》之间，由于它的定位的准确和稳定，使《随笔》的作者和读者也保持了相对的稳定。封面和刊期都不宜变。应该锋芒与趣味并重，没有趣味何来文学？趣味才能见作家的情与性，如是理智的表达，则变成学术了。趣味是对锋芒的补充、包裹，通过趣味，思想的传播才会像花开花落般自然，所谓水到渠成。趣味是一种丰富，是以文人、文学的方式关注当下的问题。

沙河先生极健谈，聊天中身体语言和表情均十分丰富。谈话间，我随手抓拍了几张，谈得差不多，又要求正式拍几张，沙河先生自己找了个近窗的位置，摆出了姿势给我拍。应我的要求合影时，他特地选择了自己写的条幅做背景："与尔同销万古，问君能有几多。"落款："茂华吾爱共赏"。可见先生的性情。

这之后很久，也没有得到沙河先生的文章。大概是太忙，稿约太多吧。2005 年 9 月初，柏桦先生来信，谈到网上有一篇流沙河先生纪念"二战"的发言整理稿《回头谈"二战"》在流传，是少有的好文章，建议我们请作者审定后发表。上网查找，是 8 月 27 日下午沙河先生在成都市图书馆的一个庆祝"二战"胜利六十周年的座谈会上的发言，根据录音整理。文章锋芒与趣味并重，是典型的沙河先生提倡的文风。跟先生取得联系，他还不知道这事，让我们发过去，答应审定后给我们发表。这篇文章发表在 2005 年第六期。文章讲述了他亲眼所见以及亲身经历：认为抗战时美国人民是友善的、壮丁是自愿的。文章激起巨大的反响，收到了不少的来信，特别是关于抓壮丁。北京一位八十多岁的老先生来信说：看了此文，"心里很不是滋味……我目睹了国统区抓壮丁的惨状。我只能说我听说的完全不像流沙河先生说的那样"。后来我们拜访宗璞先生时，谈到了沙河先生的文章。她说："《随笔》总有一些别的地方没有的东西。流沙河说的是真话。他很勇敢，也许他说的是片面的。最怕的是你这么说，我也这么说。飞虎队在昆明做了很多事，我当时就在昆明。他们来之前天天跑轰炸，陈纳德来了后，就没有了。"说真话是《随笔》的传统，也是在 80 年代思想解放中影响深广的根本。我们发表沙河先生的文章，看重的是鲜活的个人经验，不人云亦云。当然，"口述历史"过分依赖个人经验，而个人经验是不是历史真实，或者说能不能反映历史真实，如何运用口述历史准确记录反映历史，是历史理论和历史写作要探讨和解决的问题。拜访黄裳先生时，他说注意到了沙河先生的文章，20 世纪 40 年代中期，他写过一些谈美国大兵的文章。

现在回头来看这期杂志，可以说是当年各期中内容特别丰厚的一期。丰厚表现在几个方面，一是许多《随笔》老作者集中亮相，二是出现了很多的新面孔，三是文章涉及的题材内容多样、风格参差多态。如沙河先生所期待的那样，体现出了锋芒与趣味的并重。

贾植芳

　　贾植芳先生 1942 年创作的《我乡》，一开篇便引用了悲多汶（贝多芬）的话："一切痛苦都带来多少好处。"最后，他又自问自答道："生命吗？就是生命。斗争，创造，征服。"这就像是先生生命的写照。四十年后，他又在日记（1982 年 10 月 19 日）中写道："今天是我的生日。六十七年前的今天，我头一天来到这个世界，开始了自己的人生路程。我今年六十七岁了，已在远离家乡的江南大城市生活了近四十年，吃过新旧社会的各一次政治官司——旧社会一年半，新社会十一年，外加'劳改'十三年，即是说有二十五年半，我过的是非人的生活，但我却是历史的胜利者，整我那些人都早进入历史垃圾箱了，我还是我，一个大字写的'人'！"

　　贾植芳（1916—2008），山西襄汾人。复旦大学教授、博士生导师。1955 年因胡风案入狱，1966 年被定罪为"胡风反革命集团骨干分子"。

　　多年前，我编辑《访苏联归来》时，译者请贾先生写序，因此有机会给老先生写过两封信。2005 年 4 月上海之行前，先写信向先生报告了行程。到上海后，请张新颖兄代为联络复旦各位老师，因贾先生刚从医院出院，不便外出应酬，于是登门拜访。贾先生住一楼，我们到时，他正在书房看书。十几平方米大的房间，朝南的窗前摆放着书桌，堆满了书，桌面上只有先生座位前的一小块桌面空了出来，放有稿纸和钢

笔。左右两边是书架，右边是两架书。左后方是一张圆桌，再后面是一张长沙发。陈思和在回忆贾先生的文章中谈道："文革"后回到复旦大学中文系，贾植芳就基本没有再系统地开设专业课。他的课堂，更多设在自己家的书房、客厅里。他乐意跟他喜欢的学生在一起，聊学问、谈专业。他相信传统的师承关系，先教学生做人，再教学生学问。贾植芳一生桃李满天下，他的许多学生，现在都已经是业内翘楚、专业领军，却始终都念念不忘的先生的书房——正是这地方。

贾先生耳朵不好了，说的话我又多听不懂，只能靠照顾他的侄女桂馥和新颖兄转译。

"给你们惹麻烦了。"他为去年在《随笔》发的文章惹上的麻烦表示道歉。先谈到《随笔》，他说不能低俗，要开放，不要讲空话。再提出给他拍照，他说没问题，你给我拍照很正常，公安局给我拍就不正常了。虽是说笑，也可见过去经历带给他的伤痛，然而，却看不到他心里有阴影，幽默和达观似乎是他性格中神奇的酶，化解了伤痛。后来读到何满子先生写他："如今已八四高龄，我觉得他和三十几岁时一模一样，无语不诙谐，无事不随缘，无处不坦荡。"

先生说得高兴了，就对助手说送他们每人一套文集。这套文集上海社科院刚出，主收具有文献价值的绝版、珍版著译和首发散佚文稿，近年新出或重版著译不在此列。

我带了两台相机，一台装有黑白胶卷，一台装了彩色胶卷。回到酒店，感觉装黑白胶卷的一台，胶卷没有挂上，以为白拍了，重新装卷。这确是一个致命的错误，后来在冲晒这卷胶卷时，发现了重叠的图像，贾先生的形象依稀可见，十分的传神。

当年 8 月我们再次专程赴上海拜访作者。有了上一次的经验，我们径直去了国顺路 650 弄 13 号贾先生家。进了书房，贾先生正伏案疾书，为译文出版社的契诃夫作品写序。见我们去了很高兴，停下手中的工作，跟我们聊起来，兴致勃勃地谈到 1937 年从日本回国到了广州工作。广东人把南岭以北的人都称为北方人，当然也把他当北方人，邻居都过来看北方人是什么样子。他说着爽朗地笑了起来。对这些有趣生活细节的回忆，再一次印证了贾先生的幽默性格。

2005 年是抗战胜利六十周年，这是当时绕不开的话题。谈到"二战"，贾先生没有就事论事，而是从民族性来看问题。他认为东西方人的不同，也表现在对待历史的态度上。东方人没有面对历史的勇气，日本人面对南京大屠杀，面对侵略中国的种种罪行，总是否认。而德国领导人向"二战"受害者下跪很让人尊重。在东方，这是不可想象的，东西方的不同可见一斑。

贾先生的神情始终是一副不肯屈服、不向命运低头的神态。这精神我们还可以在它的日记中找到踪迹。贾先生说："作个知识分子，总是要像耶稣那样，一代代背着十字架往前走的。"这是他的精神的写照。

2013 年 4 月初稿，2014 年 6 月改定

耿　庸

　　当我们在何满子先生那里提到要去拜访耿庸先生时，便得知耿先生身体欠佳，他夫人路莘已于去年辞职在家中照顾他。麦婵打电话联系时，路莘表示欢迎，同时又说可能没法交谈，有些可惜。我记得何满子先生曾这么写道："耿庸应该归于聪明人一类。不过要讲清楚，只限于在谈文学的场合；别些方面，比如，在生活里他是既迂又笨，绝对不比我高明多少。他谈文学能把复杂的现象讲得很简单的印象，我是在二十世纪五十年代留下的。"现在这种状态，无法领略和感受他的聪明和魅力了，但此行仍然很重要，因为可以表达我们对这位老人的敬意以及长期以来支持《随笔》的谢意。

　　路莘应门，把我们让了进去。耿先生已经站在厅里，虽然身体瘦弱，两只眼睛却炯炯有神，脸上堆满了笑容，对我们的到访显得非常高兴。

　　路莘说，以往的经历对他的伤害很深，每次住进医院，情况可能更糟。他对那种环境完全不适应，好像又回到了当年的牢狱之中。

　　没敢多打扰，聊了一会儿就提出拍照。拍完收拾器材时，总觉得缺一点什么，原来是缺少了书房的环境。于是，又拿出相机来，请耿先生到书房里，坐到窗边上，正巧前景的桌上放着一本《随笔》，按下快门时，从心里蹦出一句：有了。

　　从进门，到拍照，路莘总是随护左右，对耿先生的看护、照顾无微不至，他的晚年生活是幸福的。

耿先生是归国华侨。祖籍台湾，1921 年出生于印度尼西亚的苏门答腊，1937 年在厦门双十中学高级新闻科毕业。解放前，历任《战时文艺》《刺笔》《闽北日报》《青年日报》《大成报》《新中华月刊》《公论报》编辑。解放后曾任《新商晚报》副总编辑、《展望》周刊编辑部主任、震旦大学中文系教授、新文艺出版社编审。1966 年后调入上海辞书出版社任编审。主要著作有：杂文集《扛鼎集》《论战争贩子》《回收》《逢时笔记》，论著《〈阿 Q 正传〉研究》《文学对话》（与何满子合著），回忆文集《未完的人生大杂文》等；2008 年 1 月逝世。

出门后，麦婵感慨地说："他们俩让人相信，这个世界上是有爱情的。"

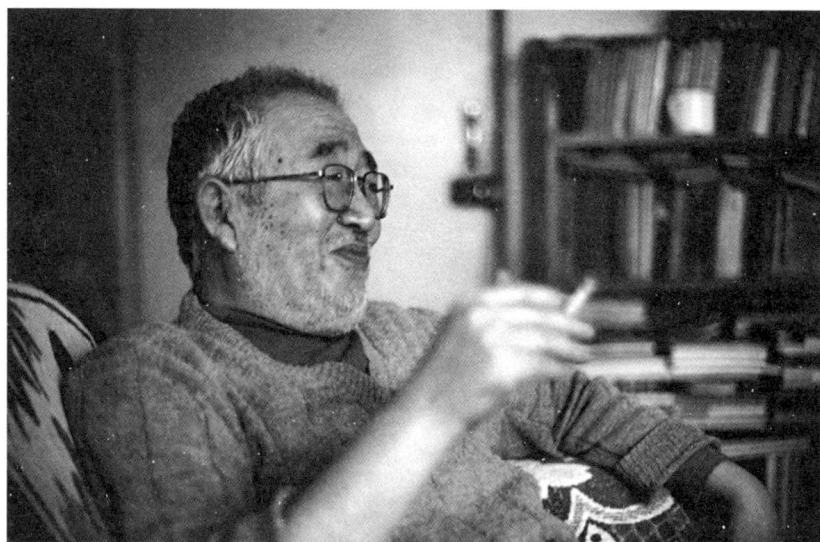

高　健

　　知道高健这个名字并进而约他为我们译兰姆的《伊利亚随笔》，不全是慕名，因为高健先生并不是那种名震四方的翻译家，而是个刻苦、严谨、成绩斐然的"阵地翻译家"，自 20 世纪 50 年代以来一直在山西大学教书译书。

　　1996 年因策划一套《经典散文译丛》，四处寻觅译者，在翻看各家散文选本、细读译文的过程中，我发现一位叫高健者，译文典雅、风格多样。于是搜寻他的译作和论文。从《翻译新论》中读到高先生的《浅谈散文风格的可译性》及编者述评，对高健先生有了进一步的了解。知道他曾译有《英美散文六十家》等散文选本，而且，在英诗翻译上也颇有成就，译著有《圣安妮斯之夜》《英诗探胜》等。赶紧写了一封约稿信，并将丛书计划一同寄上。

　　不久接到回信。虽然当时高先生手头稿约不少，仍对参译表示了兴趣，并对丛书"以专集为主体，适当收录选集"的提法表示出疑问。他认为，好的、全部优秀的散文专集太少，无论古今中外都不多，"现在出版界动不动提翻译全集的事，这一做法未必可取"。对开给他选译的书单，也十分的谨慎。"它们的难度都是很不小的……因而在找不到注释本的情况下，我是不敢贸然应承的。这些作家都素以渊博著称，做起文来，出经入史，希腊拉丁，旁及各种文物学科，因而翻译起来，绝不单单是语法词汇问题。向来读古书离不开注释。'千家注杜，五百家注韩'，可见读书人离开注释不行。翻译者又何能例外？"末了表示对所列书目以外的兰姆有兴趣尝试一下。

他提出选译。由于我后来的反复要求全译，还使得高先生颇有些生气，当然这是后话，是不是他觉得即使是像兰姆这样的大家，"伊利亚"全本也非篇篇都好？虽然与丛书的原则有些相违（已有中译本的推后，原则上不出选本），还是马上约请高先生做，并寄去合同。高先生不想签，因为"说话办事总喜欢给自己留点余地"。不知道为什么，从读高先生的译文，到向他约稿，我对高先生便有一种天然的信任。此事就这么定了下来，之后不再有信或电话，只是新年寄一张贺年卡。

一年多之后（1988 年元月），忽然收到高先生来信，告诉我《伊利亚随笔》已基本翻译完了；还讲了翻译中的一些小插曲：好几个人几次上门以种种条件诱惑，想中途截走译稿；还告诉我译此书他投入了全部的心血，自认为是平生最好的一部译作，希望编辑时译文部分一切依其原样，一方面"那里面处处有个与原文的贴合关系……另外那里面也确实充满着风格文体等多方面的问题"。认真严谨、重诺守信的高先生让我有了登门拜访的冲动，于是有了太原之行，一为聆教，二为取稿。

高先生年近古稀，头发花白，胖墩墩的，虽是慈眉善目，却也是有性格的人。聊起天来眉飞色舞，无所不谈，说起曾去英国做访问学者，却只待了短短的一段时间就打道回府了，因为"不习惯"。谈翻译，纵横捭阖；谈历史，中外古今；谈艺术，小提琴能让他感动得流泪，绘画可让他着迷，戏曲偏爱京剧，对西洋歌剧颇有微词……最妙的还是他的幽默，谈话中不时冒出警句般的妙语。聊天说到某公众名媛才华出众，美丽不凡，高先生听了不以为然，他随口冒出一句："but beauty never escapes one，我怎么没发现！"高先生的旧体诗词作得好，而且，特擅长写旧体情诗。高先生的这些修养，与其家世不无渊源。他家祖居天津，祖父、外祖父均为前清翰林，小时颇受濡染，大学毕业于北京辅仁大学，毕业后在情报总署工作了一段，后调太原大学，"反右"时落难，成家偏晚。由此我想到，大概正是这深厚的学养、幽默的天性，和较长时期的单身生活，使得高先生多少具备了常人不具备的译兰姆的那种优势，对兰姆的理解也会深一些。

据高先生称，他翻译散文是 20 世纪 70 年代末 80 年代初"误入歧途"的，在应邀译过几篇东西之后，便被追逼，不得脱身，越译越多，以至以译散文出名了。教翻译、搞翻译，也时常将自己的翻译心得写成论文。他却不认为自己有什么理论，只不过是有自己的翻译观。他说，好的翻译具备了写作在一般情况下可能有的各种优点和长处；但是，翻译不具备写作的那种多方面的自由；翻译是语言的转化，其特点是保留内容，放弃（语言的）形式；在转化过程中，要遵守信、达、雅的标准；这三者之间的互相谦让与互相照顾是做好翻译的关键；所使用的方法是直译与意译相结合，以直译为主，两者时时处处不停地交错互换使用；认识把握语性是提高翻译质量，做好翻译的重要因素；应充分重视翻译语言的丰富、雅洁、厚重、自然、轻快等品质，扩大语言的吸收来源（如早期白话、隔代语言、不同时代的文言、方言土语等等），从而提高翻译语言的文化历史厚度；风格的有效传达是好的翻译的必要条件；最后，要有使自己的译文同样成为 classic 的气派与胆量。

天马行空谈了不少，最终落到了我们的正题兰姆。"我译兰姆用字偏古雅一些，句法用词都尽量保持其特有的风味。兰姆写作好用僻字，走十七世纪的路。有如贾岛、韩愈等爱用僻字一样，这是一种风格，如果将兰姆的译文译得稳妥平实，就不是他的风格了。翻译时，我使用文言的成分稍高，换了别的作家就不合适，但兰姆应该如此。译文的古怪是故意的，当然以整体的通顺为前提。希望不要把它熨平了。他毕竟是特殊性格的怪癖作家，这也是他文章的妙处所在，比一般的顺畅文字要高出许多。如果译得文从字顺，就是另一种风格，不是兰姆了。我是把兰姆当成这一个。""我被兰姆彻底的迷住了，从来译书没有像译兰姆这么投入，以致有时感觉不是译兰姆，而是自己在写作……我以为这么译兰姆虽败犹荣，是你给了我这么个机会，把我的生命中的感情调到了极致，带给了我一生中最愉快的一年——一九九七年。"

太原短短的两天是在与高健先生忘情的交谈中过去的。回穗后，我们又有不少的通信，每一次都在不断地加深对高先生的了解，丰满着高先生的形象。后来我发现，自"五四"以来，以个人单独力量完成散文翻译的总量看，高先生可能是最多的了，收录编选他所译英美散文的各类选本不下五六十种，至于好评赞誉就更多了。在编辑《伊利亚随笔》的过程中，我有意对照原文和十多年前的一个选译本，发现高的译本在对兰姆风格的表现上，特别在幽默的把握上，在古雅韵味的表达上，在对于字词纤毫不爽的感觉上，在亦步亦趋紧跟原文句法以保持原文风格上，等等，都有较好的表现。如果要用一句话描述高先生给我的印象，也许可以这么说：风趣、博洽、通达，小有怪癖的性情中人。

许多年后的 2006 年 10 月，去太原大学参加一个传记文学的研讨会，再次拜访了高健先生。这时候，我已经不在编辑一线了，见面只是泛泛叙旧。高先生没多大变化，临走那天早晨，高先生早早来到宾馆，送来了他的翻译文集《翻译与鉴赏》，说是刚刚收到的出版社寄来的样书。这一册约三十万言的论著，收录了他近二十年的翻译文论，分理论建设、专题研究、名作欣赏、序跋拾零四集。近半的文字我之前都拜读过。这本书，让我更全面地认识了高先生。

虽然高先生健谈、风趣，但只要对着镜头，就紧张严肃，自我调侃不上照，几张下来，就不再配合了。较好的一张还是第一次在听他神侃的过程中抓拍的。我以为，这张照片在刻画高先生的性情上，虽不中，亦不远矣。

高先生的译文，有人称为国内英文散文翻译第一家。从翻译的量和质综合地看，他是当之无愧的。

2002 年初稿，2014 年 4 月改定

高　莽

　　翻出这张满是黄斑的照片，忽然意识到，最先建议我拍摄文化人肖像的正是照片上的高莽先生。

　　拜识高莽先生是在一个非常特别的场合：1995 年 4 月 21 日北京文采阁举行的彩虹翻译奖颁奖会上。彩虹翻译奖系著名英籍华人作家韩素音女士于 1985 年首创，旨在鼓励和奖掖在文学翻译领域（中译外和外译中）成绩斐然的翻译工作者。1994 年始，彩虹翻译奖改为终身成就奖，并设立荣誉奖。那天韩素音女士当然到场了，因为增设了荣誉奖，很多老先生也到了，像杨宪益、赵萝蕤、沙博理、冯亦代等，有些获奖的老先生因身体原因没能出席，如巴金、戈宝权、卞之琳等。可以说那天翻译界的大腕能出现的都出现了。颁奖结束后，在文采阁饮宴，我们有幸作为江枫先生（本届终身成就奖英译汉的得主）的客人参加，在宴会上认识了高莽先生，第二天我们又去他的家里拜访。

　　拍摄人物照的首要条件是要找机会接近对方。在颁奖会这个场合出现，大概给了高莽先生一个印象，认为我"现在有条件拍一些出色的有纪念意义的照片"。在他家拍照时，他说现在北京有不少人在给京城的文化名人拍照片，日积月累，将是很珍贵的资料，建议我也拍一拍。我把照片冲晒出来寄给他后，他又向我借底片放大，这要求本身在我看来也是一种鼓励。在寄还底片的信中，他进一步鼓励道："抓住时机，认真选择角度，一定会拍出更好的照片来。"

参加这么一个活动纯属偶然。之前对高莽先生也没有太多了解，见面后才知道他不仅研究并翻译俄苏文学，还担任过《世界文学》的主编。见面的第二天，康大姐（曼敏）、丁放鸣请江枫和高莽先生吃饭，我作陪。点完菜，大家都在闲聊，高先生忽然向我要了笔记本和笔，说给我画一幅速写，接着就很快完成了，菜还没影子，又给康大姐和丁放鸣各画了一幅。随着现场飞速移动的笔触，无须涂改，即成一幅作品，神形皆备。惊叹之余，很有些好奇！后来我才知道，他不仅是著名的翻译家，获得过很多的荣誉，如获得普希金奖章、奥斯特洛夫斯基奖章、高尔基奖章等俄罗斯文学奖，还是成就不小的画家，少年时曾学画于俄国19世纪最伟大的现实主义画家列宾的学生阿·克列缅捷夫，这位老师对他的绘画产生过决定性的影响。1943年，克列缅捷夫为自己的学生举办了一次画展，高莽的《自画像》参展——原来，他最早公开发表的作品是画作。

我当时所在的湖南出版社译文室的专业分工是社科译文，不能碰文学，跟文学翻译界的联系十分有限。这次机缘巧合，认识了高先生，便将自己从业以来的得意之作《汉英对照中国古典名著丛书》已出版的几种寄给了高莽先生。没想到他很认真地看了我在《四书》英译本上的重版后记，对里面谈到的近代西方殖民者东侵，基督教东来，为适应本土文化而对《四书》的研究和翻译的历史做了补充。高莽先生写信说："你文章中说到俄国翻译孔孟之书。除了文中提到的比丘林等人之外，托尔斯泰也下过很多功夫翻译中国圣贤，他甚至感到很难充分表达中文的全部内涵，有时弄得他彻夜难眠。他当时参考过德译本，另外有个日本牧师在俄国曾经协助过他（或者是他协助日本牧师修订译本）。"半年后，高莽先生又来信："总算把托翁谈老子那段文字找了出来。我复印了一份，供你参考。"复印件是高莽先生在《人民日报》发表的一篇文章《中国：我的爱恋——祭列夫·托尔斯泰逝世80周年》。托翁"在日记中写道：'我的良好精神状态来自阅读孔子论述，而主要来自阅读老子论述。'托翁从研究而信仰而翻译而传播老子与孔孟思想。他亲自转译了一些语录，对译文反复推敲，使其明了易懂"。这些信息丰富了经典西译的内容。

后来我到了广州花城出版社译文室，因工作需要，跟高莽先生有了较密切的联系。先是请教俄苏一些出名的小说是否有连环画，可不可以引进；后来又约他给《名著新译》丛书翻译陀思妥耶夫斯基的《卡拉马佐夫兄弟》；起意搞《经典散文译丛》时，向他讨教俄苏散文的种种并约稿。虽然因不在他的既定工作范围，加上手头文债太多，没能应承做一点什么，但每信必回，且提出很多建议，还将自己知道的或手中的资料慷慨相送。

跟高先生的接触中，最深的印象就是他待人亲切、体贴，让人感到温暖。上面谈到的一些细节就是证明。还有一个细节，也许可以更好地认识高先生。第一次拜访他的那天，先去了江枫先生家，然后提出去他家坐坐，他说："下午行吗？没有准备，家里很乱，不礼貌，太太也没面子。"这话里包含了很丰富的内容。曾有个电视采访节目，叫"高莽和他生命中的三个女人"，讲的是他的母亲、妻子和女儿。母亲给了他生命，虽是文盲，却教他做人和敬重文字；妻子给了他理解，在他遭受批判与凌辱时，是他的安慰，使他没有"自绝于人民"；女儿延续了他的事业，为照顾父母，放弃了在巴西的工作与优越的生活。由此我感受到了他家庭生活的温暖，也感受到了他们夫妻间的相知相敬、相依相守。

当时，他太太的眼睛很不好，我们的拜访，一定给她添了很多的麻烦。我们在客厅拍了合影，提出单独拍，高莽先生把我领进了书房，他告诉我从什么位置和角度来拍摄会最好。他和太太都是搞艺术的，家里收藏了很多的工艺品，零件很多，却是杂而不乱。高莽先生挑选的是一个博物架，上面摆满了各种动物和人物的公仔，以此为背景，我拍了好多张。在还我底片的时候，他特别说，最喜欢的是底片编号为 19 的一张。这几张照片从人物表情来看大同小异，全是高莽先生微笑地看着镜头，不同的是，这一张人物在画面中比较突出。符合摄影教材上所说的基本原则：画面必须简洁，要把观众的注意力集中到趣味中心——被摄主体。

非常可惜的是，当时我并没有认真对待高莽先生的建议，原因大概是觉得去北京出差不多，没有太多机会接触各位文化名流，之后也就没有主动寻找机会，即便偶尔拍上一张，也不讲究，相当于一个记录吧。值得庆幸的是，虽然对人物摄影没太用心，但这颗种子一直埋在心里，一旦有机会，就发芽、生根、结果。

2012 年 11 月 4 日

章　明

　　到《随笔》后，就想去拜访章明先生，却因近便（他家就在市中心寺右二横路的军区干休所），一直没能如愿，直到 2006 年 9 月底才成行。初秋的天气，天清气朗，对广州来说，是一个难得爽快的日子。

　　敲开门，午睡刚起来的章先生将我们让进房间。他个子不高，头发已白，戴副眼镜，很精神。室内一派老式知识分子的家居陈设，没有装修，采光不好，墙上悬有字画。客厅南面是书房，玻璃推门隔着。他似乎看出我们的诧异，还没落座，就说：房子简陋一些，虽是陋室，唯吾德馨。幽默风趣，一下就拉近了我们的距离。

　　坐下后，自然是谈《随笔》杂志。他连连说不错，他的几篇文章，别处都没法登，《随笔》登了。问他对这两年《随笔》的观感，说不错，像章诒和的文章就很精彩。她写的东西都是她很熟的事，有激情，文字也美，观点鲜明尖锐。又说到 2006 年第五期的一篇文章，《我的老师潘旭澜先生》不错，这种师生关系写出来，让人感动。

　　不知怎么问到他的年龄，说是八十一了。真看不出，也想不到。问有何保健秘诀？得到的回答却是没有，也不做运动，大概是不断动脑筋吧。他说，退下来后，考虑做点什么，想到了可做的有几件事：一是写毛笔字，有童子功；一是写小说，想过将自己的经历写下来；一是电脑打字。前两项是艺术，无止境。而电脑操作是技术，总可学会的吧。1988 年开始学，花了半个月学会了五笔字型。我对这个时间提出了疑

问，当时我还在买手提英文打字机呢，他就用电脑了？但他想了一下，确认就是那时，儿子在国外，给他买了电脑。从他跟《随笔》的这段姻缘看，最后重点还是放到了写作上，写随笔。

我们进门时，他的书房是锁起来的。见我想拍照，打开了书房的锁，推开了门。我走进去看了看，感觉空间很小，左右墙全是书架，满架的书，窗朝南，拉着透亮的白色窗帘，中间对着放了两张书桌，靠门边放了一张小电脑台，显示器是 19 寸液晶屏，在当时可是很先进了，仅剩的一点点空间像是一线短短的走廊。书桌上有一架笔，右边的书桌无法进去，成了堆放东西的平台。左手靠窗的角上还有一张小台子叠放着一些书报。我觉得器材摆不开，无法下手。他又带我们回到厅里看了看，指着那里的一架书说，全是金庸古龙，武侠有的写得也挺好的。当年第五期他的一篇文章《最新现代版〈……葵花宝典〉》，就是从武侠小说中获取的灵感吧！

章明先生是对的，知道自己家里哪里好拍照，他一开始就将我引进书房，是因为书房里光线敞亮，所以转了一圈，还是决定在书房拍。将窗帘扯开，拿出反光板，请他坐在桌前。章先生随手拿起一份报纸看，说是要摆摆姿势。来回拍了不少片子，又请他坐到电脑桌前，他打开电脑，将作品目录调出来，想用它作道具。在我折腾了半天后，章先生大概也累了，但一直夸赞说做事认真。

章明先生是一位军旅作家，也是《随笔》在广东本地作者中，具有思想深度和冲击力的一位。

萧　乾

　　翻出这张 1995 年拍摄的老照片，有好一段时间我都有些迷惑，怎么会这样构图？ 把主角萧乾先生压在左下方的角落里，画面的主体是凌乱的书桌。

　　在整理资料、梳理记忆之后，这才想明白，大概这是我读萧乾《搬家史》留下的印象，也是走进萧乾先生的家的第一感觉。其实，他的书房，远不是这张照片能反映的，也完全不是我们通常想象的样子。靠墙全是书架，房子中间，摆放了像书店主要位置陈设图书的台桌，台桌其实是两排沙发中间的一张超大茶几，上面堆满了书，书桌边还有推车，那种图书馆、书店运送图书上架的四轮推车；靠墙的书架除了书之外还摆满了各种杂物，如磁带、小公仔、瓶瓶罐罐，还有四处乱走的电线；房间各处好像还挂了不少口袋，里面插着信件或是什么别的东西。靠书架的地上堆了一长溜东西，上面有公文包、小皮箱等等。我没到萧乾先生的卧室看过，从他信中提到的将书摆放床头的话看，大概也是这种景象。我见过的学者、文化人书房不少，但这样的书房，好像是唯一的。

　　这张照片除了想表现书房外，可能还想表达另一层意思。1949 年年初，萧乾先生的母校剑桥大学要成立中文系，系主任何伦到香港大公报馆邀他去讲中国文学，并承诺终身职位。萧乾在《搬家史》中写道，但"家，像块磁铁，牢牢吸住我。我像只恋家的鸽子那样，奔回自己的出生地。……我要回到北平去，在那里，我要第一次筑起自己的家"。他在本能的驱使下，谢绝了剑桥大学的邀请，返回了北平。但这之后，萧乾先生却经历十几次搬家，直到三十四年后的1983年，"才混上个可以安心放胆住下去的家，一个估计不至于再迁移的家"。这图片似乎在力图表现萧乾先生对家的依恋以及家给他的重压，他被压得喘不过气来。

我给萧乾先生的信大多没留底稿，幸运的是，当年给萧乾先生的第一封信草稿竟然还在，上面没有注明时间，估计是1994年上半年。

当时，我策划编辑的《汉英对照中国古典名著丛书》已经出版了五种，正在酝酿《史记》的翻译，四处写信求教、求助。这份信稿中提到，当年叶公超谈及要将《史记》译成英文，必须用18世纪英国著名史学家吉本的文笔，才能不失《史记》的风格和韵味。我在信中请教萧先生如何做比较好；目前国内哪些人可担此任务；能否请他主持，组一个班子来完成这项工作。萧乾先生回信谦虚地说：自己对《史记》没有研究，年纪又大了（八十五岁），还在译《尤利西斯》，难以参加这一巨大的工程。让我去找杨宪益先生，并告诉了杨先生的地址和电话。

入行当编辑后，有好多年，每天去上班都兴冲冲地，对新的一天充满了期待，像等待情书一样，期待收到作者的回信。开始组织《汉英对照中国古典名著丛书》后，这种期待目标更明确、心情更迫切。可想而知，收到萧乾先生的回信，我有多么兴奋。当时收到这封信，对我至少有两重意义：其一，当时大多数的约稿、求教信都是泥牛入海，如今收到了回信，说明萧乾先生看重我这封信中涉及的问题；其二，之前，我往外文局给杨宪益先生写过好几封信，都没消息，而现在得到了杨先生的准确地址和电话。

为表示感谢，或为了让萧乾先生更多了解我们这套书的情况，我寄去了已经出版的《周易》和《四书》两种。很快，萧先生回信了（距前封信一月多一点），对丛书提出了具体的评价和建议：

从计划看，你们要把这批古籍都译成英文。这可是出版界一大事，也是英语界一大事。衷心祝愿你们获得成功。

我有两点 [意见] 请考虑：1. 有些古籍外文出版社早已有了英译，你们可曾参考？……2. 从销路（尤其国外）看，宜多译些近代作品，如《三言二拍》。能有些插图更好。

后一点萧乾先生在两年后，还在信中跟我讨论。1996 年 6 月 16 日来信中说："除了高深的经典名著之外，明清小说的对照本读者会不会更多一些？如红楼或老残？"前一点，我们知道外文出版社做过不少，但多为文学名著，跟我们最初定位的学术名著方向不一样。

萧乾先生的信，让我得到了极大的鼓舞，也明显感到，他是热心人，对这套书，是发自内心的喜欢。于是 1995 年 3 月底，新一种《楚辞》一出版，便给萧先生寄了一册。他回信道："你们在开创出版界一个新的方向，既普及了祖国名著，又提高了英语界水平。我目前在忙写'二战'。很想在《出版参考》上写一短文表扬一下。容我腾出手吧。"没有想到萧先生会主动提出为我们写文章宣传，当然，这也拉近了我的心理距离。当时，我为了了解中国经典西译的情况，寻找现有的译本，翻查了不少资料，书出版后，为了宣传这套书，又以这些资料为基础，写了一些宣传文字，主体是"西行记"系列："《四书》西行记""《周易》西行记""《孙子兵法》西行记"等等。其中，我比较得意的是《诗经》一篇。于是，将之寄给了萧乾先生求教。

5 月初，萧乾先生来信："甫从沪滨归来，即拜读大著论'诗经的几个英译本'，甚佩。尤其结尾处谈到，翻译本身也是一种创造，甚有同感。……在拜读以您为主力的这套汉英对照的古典名著时，一直不胜感佩。……这套书已陈列在我枕畔及书架上，我将随时捧读。"

萧乾先生是个言出必行的人，他答应写文章宣传一事一直放在心上，不久（1995 年 5 月 18 日）我便收到了他寄来的用复写纸复写的

《三种愿望同时满足——介绍〈汉英对照中国古典名著丛书〉》，他在给我的信中说："我赶写了一短介，已寄给①《光明日报》的中华读书报及②商务的《英语学习》。……这套书正好为我补补课（所以六种之外如还有存书望尽可能十种寄全）。我想再翻读一阵再考虑给《读书》写的问题。"很快，萧乾先生寄来了《中华读书报》的剪报。

这之后，却发生了一件让我极难堪的事。收到剪报，我按出版社鼓励编辑作者推介宣传本社出版的图书的规定，给先生写信，说要给他寄稿酬。他回信说不必了，但我跟着又写了第二封信。1995年6月10日萧乾先生的来信，措辞严厉：

> 秦颖同志，接你信我很难过。我写过一些书报评论，但从未得过出版单位的分文。而你两次来信提此事，使我觉得"有偿新闻"已够丢人，够不健康的了，贵社还在提倡有偿评论。我认为切切不可这样。如果报刊上评论作者均搞红包，我则今后不再看（更不写）评论了。
>
> 我是真心欣赏尊编的这套书，真心认为它们对在古典著作、在翻译、在中文需要补课的人们是及时雨。我珍贵你们送我的这套书，甚于我书架上许多出版社送我的许多新书。我是真心为了普及你们这套书而写评论的。不少出版社送我更多（有时全集达二十卷精装），但引不起我写评论的兴致。我的大学（燕京）毕业论文是"书评研究"（八十年代人民日报重印过）。我主张书评（正如一切言论）应具独立性，独立才能客观。客观才有一读的价值。

先生的认真严肃不需要我多说，图书的宣传促销，本来是市场化条件下出版社经营的必然，在出版社并无不对，错就错在我把奖励运用不当，伤害了先生纯正的用心和感情。当然，先生的这番批评也让我备感满足，因为萧乾先生的评论是独立的、客观的，是对我工作成果的最高肯定和奖励。

于是，这才有了 1995 年 4 月的那一次拜访。本文一开头，我已经谈了走进萧乾先生家的那种感觉。就是在那一片混沌中，萧乾先生签名送了我两本书，一本是《人生采访》，此书在中国新闻史上占有重要的地位，收录了先生不同时期的报告文学作品，显现了作者的创作风格；一本是他翻译的《尤利西斯》第一卷，此书当年风靡一时，也引起了一场翻译理论的大讨论。回到长沙后不久，我又收到了先生寄来的两本书，其中一册《未带地图的旅人——萧乾回忆录》。这些都成了我的珍藏。

这是我接触萧乾先生的一点点印象。

关于萧乾先生，后来，我听到过很多故事。牛汉先生的回忆录里谈到萧乾在咸宁干校落水时出手相救遭人调侃，苏福忠兄的《我认识萧乾》勾勒出了他心中的形象。20 世纪 90 年代后期，我曾听江枫先生说，《尤利西斯》第一卷出版后，他对译文提出了批评意见，萧乾为此请客致谢……这些故事和印象加在一起，会让我们看到一个丰满鲜活的萧乾。

萧乾先生是《随笔》的老作者，遗憾的是，我到《随笔》时，先生已经走了。如果先生还在，他一定会鼎力支持我。谨以此纪念现代著名的记者、文学家、翻译家萧乾先生。

2012 年 10 月 14 日，2013 年 2 月 16 日改定

黄　裳

　　2012 年 9 月 5 日晚饭桌上，接《东方早报》朋友的电话，说黄裳先生于 6 点钟去世，想对我做个采访，请我谈谈跟他交往中印象最深的细节。这消息太突然，黄裳先生怎么突然就走了呢，一时无法接受。等稍稍缓过来，却又陷入深深的自责。

　　几年前，我离开《随笔》时，曾写信给黄裳先生，感谢他近几年的支持，并告拟编一册《〈随笔〉影像》，希望他题个字。不久收到来信："知将以摄影作品辑为一册，并征题词，命题作文，殊难下笔，辄记初晤时谈话种种如在目前，因作小记……前岁秦颖先生远道来访，畅谈移暑。就文坛报刊种种，畅言无忌，颇以为快。谈话间来宾出所携照相器材，为摄数影，颇得模糊之妙，遂得少掩其狂放故态，以为大幸。回忆往事，漫记。"而我却一拖经年。今年，开始整理当年所拍照片，补写摄影手记。一到黄裳先生这里，就打住了，总觉得要写的太多，准备的太少。

　　20 世纪 80 年代中期，在上海读书，师兄张和生不时推荐书让我读，我便是这样进入了黄裳先生的散文世界。我买的黄裳先生的第一本作品是《榆下说书》，一路追捧，而最终得以登门聆教。我到《随笔》，已经是新世纪第四个年头的末尾了，陪伴《随笔》一路走来的老作者，有很多已经去世，不少已经歇笔，回想那几年，编辑部竭尽所能，想要抓住《随笔》老一辈作者群的那一抹辉煌。

　　黄先生话不多，总是看着你，听你讲述，似乎是个不擅言谈的人。这是 2005 年 8 月 23 日上午我终于"登堂入室"之后留下的印象。那天我和编辑部主任麦婵一起去拜访了寓居上海里弄里一幢小洋楼上的黄裳先生。

　　忽然到了仰慕已久的先生面前，有些语无伦次。先介绍接任《随笔》主编后的一些情况，说压力大，数了个一二三四……最后落到了希望他为我们写稿。一直看着我们，留意听我谈话的先生，突然插了进来："我的压力也很大呀！"起初，以为他是在推托，很快发现并非如此。他谈到"稿债丛集，产量又过少，难以供应"，而最大的困难是，几十年写下来，感觉什么话题都写尽了，苦于找不到题目。"有题目就行，其实写起来很快。"古人有书读完了的慨叹，而黄裳先生到了晚年，却发出了文章写完了的慨叹。他又说到，现在写东西少，目前就自己的题跋为《收藏》一类杂志写点东西，不一定适合《随笔》。

　　谈到《随笔》，他说："发文章不应该看名头，要看文章质量。有时候不满意你们，就是作者名头很响，文章很差，可能退稿很困难吧！我的稿子你看了不合适的尽管退。"

　　聊开了，其实，黄裳先生是很有话说的。他关注《随笔》，也坦率地提出了自己的看法，是提醒，也是鼓励。当我们感叹老先生的思维敏捷、幽默有趣时，他马上回应：我也是老记者出身啊，做过翻译官，写过一本关于美国大兵的书，后来到《文汇报》搞过粤剧、电影，乱七八糟。译过三本小说，是 50 年代初巴金搞的平民出版社出的……

　　拜访快结束时，我们给老先生拍了不少照片。这时有客人到访，我们匆匆告辞了。行前，黄裳先生说："记得给我寄照片啊！"

　　2005 年第六期，刊发了黄裳先生的《雨西湖》一文。不久收到他的信："匆匆一阅拙文，有小误数处，因我字迹草率，非排校之责也……做惯了校对，积习难忘，又写了这些，乞　不罪。"四天后，又收到一封信。"近日细读《随笔》（第六期）觉得甚佳，旧貌已换新颜，可喜可贺。但不知曾遇困难否？拙文昨日起在《新民晚报》发表，已在贵刊之后矣。"如此频密的信函，可见老先生之待事认真，对晚辈的爱护、关心和鼓励。最后一句跟杂志的首发原则有关，表现了先生对《随笔》的尊重。

2006年3月，借去同济大学参加"当代大众文化批评研讨会"之机，我再次拜访了黄裳先生。时值早春二月，天气晴朗，暖融融的太阳照下来，神清气爽。熟门熟路了，下了出租车一路轻快地径直走到了黄先生家门口，他女儿应门。进了客厅，黄先生从里屋出来了。

闲聊中，我说起编《随笔》是我从业以来最愉快的时光。大概这种溢于言表的兴奋引起了先生的共鸣，他谈起了1947年，那时候他在《文汇报》，编副刊，写专栏《旧戏新谈》，看戏。这个专栏的文章后来辑成了书。谈话间，脸上闪现着兴奋和愉悦。在《雨天杂写》一文中，我们可以读到黄先生关于这一段的记忆："不过多年来我自己对这本小书总是怀着一种美好的感情，倒不是为了书本身，而是因为，它总能使我记起那段非常有意思的生活。……回忆当时真是'文思泉涌'，从来没有为题材发窘过，每天只要打开日报一看，题目就有了，而且总是写不完。"曾有人问：在作家、记者、藏书家的称号里喜欢哪一个？黄裳先生说：散文家。我现在明白了，他在散文王国里，能写、有题材写、无所顾忌地写、总也写不完是最大的快乐！看到一篇纪念文章，里面提到黄裳先生是写作界的一个奇迹——"几乎每隔一两个月，这位九十多岁的老人便有长文刊发……这样的高龄与这样笔力的文章，在中国当代写作界几乎是绝无仅有的。"可见，黄裳先生是幸福的，直到他生命的最后一年，仍然创造力旺盛，笔耕不辍，享受着他在散文王国里的快乐。

谈得尽兴后，他同意了我提出的再次拍照。他原地摆好姿势，有了上次的经验，我提出这里不太好拍，光线反差太大。能否去他的"书房"，得到同意后，我走到了他的房门口。前次来时不敢造次，对这一壁之隔，充满了想象：这是一番什么天地啊？黄先生是藏书家，但客厅中只有三个小书架，主要摆放的是他自己的书，所以想象那房中一定是风光无限！可是原来并非如此，那房间是他的卧室兼书房，靠客厅这面墙摆放一张床，对窗放一张书桌，并不十分大，叠放了两本书，稿纸摊开，笔卧其上；对床是一个大衣柜，似乎进门的右墙有柜子，靠椅背上随意挂着件衣服，黑皮椅子转过来对着门。想必刚才我进屋，女儿通报时，他停下手中的写作，是转过身，从这把椅子里起来，往外走的。他的散文王国的那一派瑰丽的景象就是在这个宝座上经营出来的。黄先生提议他还是坐在厅里的单人沙发上拍，他坐下后，为了调动他的情绪，我再次提起了他最愉快的 1947 年，产生了效果，脸上微微露出了微笑。停下来换胶卷时，黄先生起身去取出了一本书回来，说送给我。接过来一看，竟是他最愉快的那一年写的专栏的结集：《旧戏新谈》。我真是有些喜出望外。陈子善先生在黄裳追思会上说，黄裳待人接物有自己的原则、想法，你不能强迫他做什么，但是他一高兴就会给你意想不到的惊喜。信然！看看表，11 点，时间差不多了，请先生签了名，告辞出来。

　　我在《随笔》的四年中，黄先生几乎每年都会给我们写一篇。作为晚辈，我时常会去信，有些时候还会不讲道理地索稿。比如，施蛰存先生去世后，黄裳先生在《读书》上发了一篇纪念文章，我读后给先生写了一封信，叹为观止之余，又感慨《随笔》是一本以人为中心的杂志（与《读书》以书为中心形成呼应），若在我刊刊出，多完美啊！"黄先生回信说"施老文承夸赞，谢谢"。又说："我在《读书》有一个专栏，二十年了，尚未被取消，是以有时得给他们一篇。"希望我能理解。有次他答应写的文章被我催得急，黄先生回复："近日感暑，且看世界杯，当少迟动笔，不知截稿日期何日？"有时，黄先生也会直接"求饶"："最近实在忙，……要看校样，作文也无适当题目，也作不出，想请您免了我这份任务吧。"跟黄先生的通信不局限在索稿，不时在信中还会讨论语言文化问题，求解文坛恩怨，他还会对我们的编辑态

度提出不同的看法。比如，某文引梅兰芳的话，"'您说的'……此前缺一'瞧'字……此一字有关北京话之神韵，绝不可失"。又如，关于编辑，他说："实在是一种重要而艰巨的角色。他必须牢牢把握住大方向，同时还得照顾到刊物独有的特色。他处身于人际关系的旋涡里，得从容应付；……对投稿所援引的事实、数字、典故（不论古今）必须负责查对。"即不能无为而治、尸位素餐。不难看出，黄先生既是一位宽厚的长者，也是一位严厉的老师。

要在短短的文章中全面表现黄先生是不可能的，要在一张照片里刻画黄先生同样是不可能的。这张照片，"《随笔》影像"黄裳先生的专题就是用的它。之后黄裳先生曾来信："感谢贵刊以'专题'方式介绍在下，不胜感谢，只惜所寄照片不用而代之以尊拍一帧，如云如雾，窃以为不如我所提供一片也，一笑。"本文开头引的黄裳先生的题词说的也是它。这张照片是第一次拜访黄裳先生时拍的，麦婵做"影童"打反光板，但强烈的反差依然故我。前后两次，拍了不下几十张黄先生的照片，其中不乏清晰和笑容可掬的照片，在专题讨论用图时，我们觉得，这张照片抓住了黄先生解除戒备、神情放松的一刻，还显露了他智慧、调皮、狡黠的一面。我跟朋友玩笑，这张技术上失败的照片，却在某种程度上成就了艺术上的完美。也许黄裳先生说到了本质，曲尽朦胧之妙。

谨以此纪念一代散文家黄裳先生。

2012 年 8 月

黄一龙

黄先生的文章，多不是大篇章，而是小随笔，却极具穿透力。邵燕祥先生对此高度评价："从他的杂文我知道，他总是在别人停止思维的地方想下去。"如《坏事变坏事原理》（《随笔》2008年第六期）："'坏事可以变好事'，说的是'可以'，是坏事办成以后再走一步的多种可能性之一。既然只是'之一'，那么其他的可能性是什么？""坏事要得逞，必须打击摧残甚至消灭健康力量；坏事之得逞，定已打击摧毁以致消灭了健康力量。而这种结果，必定为下一轮坏事开辟道路亮起绿灯。……坏事一成功，必然壮大使坏的力量。""坏事造就坏人，坏人使得坏事自我复制自我扩张，这是坏事继续变坏事的又一个原因。""以上两点，是事情的物质方面。非物质的方面其实更为重要且更难防范。每一轮坏事的成功，总是要带来一套具体规矩，他们的寿命一般长于坏事本身……遵守历代坏事形成的坏规则，已经自成一种文化传统，也就是吴思先生发现的'潜规则'……坏事的总量与时俱进，这就是各时代都叹'人心不古'的原因了……现在可以做一小结：坏事或可偶然'变'好事，但是一定继续变坏事。"

辗转联系上成都的黄先生，得知他每年会到深圳女儿家住一段，于是约定再到深圳时，我们去拜访。2006年年底，收到黄先生的一篇文章《"人多了"别议》，决定2007年第二期发。通电话，知道他要到深圳过年。见面成为可能。我们确定黄先生作为当期"《随笔》影像"的

主角。年后上班，拨通了电话，跟黄先生约好去深圳拜访的时间，先生说，想来编辑部看看。恭敬不如从命，就此定下。2007年春节后不久的一个下午，黄一龙先生踩着轻快的步子带着老伴一起来到了编辑部。

满头银发的黄先生，上身穿一件深蓝色的运动夹克，风趣幽默，办公室里笑声不断。谈话天南海北很随意，现在依稀记得他谈到几年前跟邵燕祥、朱正等去东北旅游，因所买车次与上级领导的专列冲突被取消，他们据理力争，最后在专列上加挂了一节车厢，使他们得以按时搭乘火车返京。这个故事让我们惊叹。坚持自己的权利并获得成功，既需要勇气、智慧，更需要独立的人格。于是，我们开玩笑，赠予黄先生"超级刁民"的称号。

那天给黄先生拍照，一开始总觉得哪里不对，拍了不少张后，发现是他表情过于放松，不太像他文章的风格，于是提出请他试试零度表情，这时，他深深吸了一口气，两眼凝视前方，双唇紧闭，若有所思。后来按惯例，请他写一个简历放在栏目里。收到的短短几十个字，颇具黄氏风格：

> 1933年生于北平，祖籍四川。抗战开始前随父母逃难回家。在学生运动中接受中共争自由民主的教育，自称至今念念不忘。1951年奉调从事青年工作，旋被打成右派分子。平反以后在四川省社会科学院研究当代地方史。八十年代中期开始写杂文……

黄宗江

　　见过黄宗江先生的人，谁都不可能不被他感染。2006年8月去京拜会作者，在人民日报社附近跟老先生们聚餐。黄先生拄着拐杖笑声朗朗地进来了，平静和悦的气氛一下子欢乐了起来。他带了一本《我的坦白书——黄宗江自述》相赠，封面那幅仰面大笑的照片便是他的本色和常态。

　　书前五百字的"老汉自白"，对他的经历和书做了交代："我此生行当似较复杂，其实生旦净丑，我这常唱元曲开场的副末，总未离戏曲、戏剧、电影、电视诸演出艺术，最后归口为八一电影厂编剧，归隐军中，离而难休。""我对写回忆录之类，一贯兴趣不大……辑我历来文字便可见来龙去脉。唯成文于不同时期……铺排一下总还能略见虚实。并附历经时间、战火、动乱、磨难残存的照片，尚可见其人、其文、其影。"文如其人，坦诚、明快、幽默。

　　回穗后，收到黄先生的手札、来稿，以及朋友的书信和书评的复印件。我回信道："虽然晚生早已透过照片感受过您那颇具感染力的个性，而终于亲炙先生教诲时，先生开朗、放达、幽默的个性，让晚生如沐春风。可惜席间太忙乱，只能是泛泛而谈，又匆匆而别。"说出了自己的真实感受和崇敬之情。

　　黄先生真是"一见相投"。不仅给我们投稿，还跟我们掏心窝子："今年第一期蒙刊我《说真话者万岁——祭巴金》。此稿曾投寄京、津、沪、穗四处关系户，只因'说真话''文革博物馆'等巴金言语遭逢忌讳，均被腰斩，只我《随笔》载全文。感慨感激何可言说。"可见老先生心直嘴快、坦诚待人的性情。当然，《随笔》并不是胆子大多少，顾忌少很多，而是它在某些"高语境文化"事件的处理上，由于节奏慢（两月一期），加上责任感和对作者负责任的态度，认真研判，始终坚持其理性和建设性的办刊宗旨，便有了更多的回旋余地。

宗江先生已经归道山了，但他给朋友留下的快乐并没带走——我们在思念他时，离不开快乐！

2012年6月

葛浩文

记得莫言获得诺贝尔文学奖的消息传来后，在网上看到许子东接受凤凰网采访的报道。他说："莫言符合诺贝尔的'六个幸运号码'。"我对此留下了很深的印象。这篇访谈大概有近三分之一的篇幅在谈一个问题：翻译，并提到了一个关键人物——葛浩文。

许子东所说的这六个幸运号码的第五个是："要有好的英文或者法文的翻译。"他说："葛浩文一直把他（莫言）的书非常有力地翻译到英文世界去，（莫言）有很好的海外的支持者。"又说："如果只按文学标准的话，中国好多作家都应该得诺贝尔文学奖……中国很多作家，或者说中文的很多作家之所以没得奖，原因就是因为它这个奖必须要看英文跟法文，或者是瑞典文……这个最重要的奖其实语言上是不公平的。""文学通过翻译来评论，这个就是一个很困难的事情。""现在莫言为什么比较合算？就是因为他在西方有一定的读者群，而且有很强的商业的翻译的机制，因为他有一定的销量，有销量出版社才会请好的翻译家，所以翻译出来作品可以很好。通过翻译，有些不怎么样的中国作品也可以翻得很好……比中文版还好。"

这不是一个新问题了。记得王元化先生在《清园自述》中，回忆跟马悦然的交往时，谈到过一个细节。1986 年马悦然参加在旧金山举行的国际汉学研讨会，会上不少人提出中国作家从未获得诺贝尔文学奖的问题。马悦然在发言中试图作一些解释，提到翻译的质量会影响评委对

作品的理解，引起一场小小的风波，被质问："诺贝尔奖是文学奖还是翻译奖？"落得个"马悦然对中国有成见的坏名声"。可是，十八位评委只有一位懂中文，翻译的重要显而易见。我们是不是可以说，莫言的获奖，葛浩文功不可没呢？答案应是肯定的。

有一段时间，我负责出版社的对外版权工作，有幸参加了2008年4月中国新闻出版署与英国文化部英国文学翻译中心举办的"中英文学翻译出版研讨班"，地点在浙江莫干山。记得其中有两项培训内容是英国出版商如何选择翻译作品、书籍的海外出版原因分析等等。在研讨班上，拜识了葛浩文先生。

葛浩文第一次进入大众视野，可能就是那个时候或稍早，因为《狼图腾》继在国内畅销并成为话题后，又翻译成英文在欧美畅销。

当时我还不知道葛浩文是何许人。因为曾策划编辑过《汉英对照中国古典名著丛书》，有些自以为是，认为汉译英界包括国外的，没有我不知道的，真是盲目自大。要知道，我关注的是中国经典的翻译，对现当代文学翻译完全没留意。这才有了莫干山的这一幕：

友人介绍说：葛浩文来了！

谁是葛浩文？

你不知道？他是目前汉译英的No.1。

显然，对我的无知，友人颇有些诧异。我赶快翻阅发下的资料。"葛浩文（Howard Goldblatt）是美国Notre Dame大学的研究教授，学术杂志《现代中国文学》（现在更名为《现代中国文学和文化》）的创始编辑……他尤其以翻译中国，包括台湾和香港的文学作品著称于世……最著名的翻译作品包括中国大陆畅销小说家莫言的《红高粱》，台湾女作家李昂的《杀夫》，和藏族作家阿来的《尘埃落定》……1999年他和林丽君合译了台湾作家朱天文的《荒人手记》被选为美国文学翻译协会的当年最佳翻译作品。他最新的翻译作品包括莫言的《丰乳肥臀》，南京作家苏童的《我的帝王生涯》……他最新的翻译作品姜戎的《狼图腾》获得了 2007 年第一届曼氏亚洲文学奖（该奖的一个重要任务是协助将亚洲文学译成英文出版，并推荐到英语世界乃至全世界）。这本书的英文版在 2008 年 3 月由企鹅出版社全球发行。葛浩文教授在亚洲和西方担任不少文学和学术杂志的顾问和编辑委员会成员。"我这才对葛浩文有了初步的印象。

研讨班分了四个组，分别研读翻译四位作家（铁凝、李洱、伯纳丁·埃瓦里斯托、哈里·昆兹鲁）的作品片段。各组学员在老师的带领下进行翻译讨论，翻译完成后，与作者见面，请他谈创作过程和小说背景，并接受学员提问，由此对作品的风格、语言特色、字词含义等进行深入讨论。我分在"黑美人"组，小组作家是哈里·昆兹鲁，翻译样本是他的 My Revolutions。葛浩文是"苍河白日梦"组的小组长。

我们的研讨分散在几栋别墅，课间休息时，大家会出来透透气、聊聊天，这就成为沟通交流的一个机会。有一天，葛浩文先生被一群中方编辑们围着聊得起劲，我在旁仔细观察，他有雪白的络腮胡、花白的头发，戴一副秀琅架眼镜，很有型。编辑们也挺随意，问到他的翻译稿酬收入。他说，翻译在美国跟中国一样，稿酬都不高，主要还是因为自己研究这一块，有兴趣。我正好带着相机，抽了个空，经要求给他拍了几张照片。

第二天早晨，我出外散步，路过一幢别墅，见葛浩文独自一个人在别墅前面的回廊里来回踱步，随屋里传来的古典音乐节拍，夹着香烟的手在半空中飞舞，陶醉其中。我转身赶回房间，取了照相机，再次来到那幢别墅前，提出给他拍照。他停了下来，原地站定看着我。拍完照，我顺势跟他聊开了。从音乐开始，他说他喜欢古典音乐，这是他的一大爱好。如前所述，他的兴趣在中国作家及其作品，听我介绍了花城出版社经营多年的《花城原创》，很感兴趣，希望寄几种给他看看，而且，希望长期看到花城社新出版的长篇。下午大会集中时，他从口袋里掏出一张小纸条给我，说是他的通信地址，若可能，希望看到"花城"

出版的小说。显然，早晨的谈话，给他留下了印象，他研究中国当代文学，想要更广泛地关注、了解当代文学创作的现状，寻找、发现作家和作品。华盛顿州立大学中国文学和比较文学会主席陆敬思曾写过一篇文章《渴望至高无上——中国现代小说和葛浩文的声音》，他说："葛浩文的工作为英语世界带来了大量的作家，几乎涉及中国大陆与台湾地区各地所有的风格、年代、政治和社会立场、民族和地域。"

研讨班还举办了一场作者和译者面对面探讨翻译问题的研讨会：《狼图腾》的作者姜戎与葛浩文就翻译进行对话。作者和译者相互诘难，这当是文学翻译的典型案例。姜戎提了一系列的问题，如英文版删掉了序言部分，这一部分有不少文献，删去从史料中辑录的关于狼的材料，对注重研究的人来说就丢失了很多东西。还有的讨论是关于翻译的细节，如"白毛雪"，作者很生动地描述了内蒙古特有的白毛雪，而英语中没有传递到位；汉语中"阿爸"的称谓是泛称，而英译本将之全部译成了爸爸，等等。葛浩文谈了他为了使这本书比较适合西方读者的阅读趣味，进行了适当的修饰。他解释说："你是为中国人而写，我是为外国人而译……编辑部说读者要看的是小说内容，这些社科方面的文献就不用译了……海明威的小名叫爸爸，因此在美国文化中不会有伦理问题，而 Aba（阿爸）在英语中没有意义。"当年的《外滩画报》刊出对葛浩文的采访，谈到《狼图腾》的翻译时他说："翻译过程对我来说是例外。我看了三章五章时就决定边读边译，我想读者感到的惊讶和情感，我翻的时候也要感到。比如杨克看到天鹅湖的感触，我想到了我小时看到美景的感触。超过原著的地方我没有这么大的才气，我还是尊重原著的。我没有看完后再译，是想把感情放进去。"

我不知道，葛浩文先生是不是自觉或者不自觉地想超越原作，跟原作竞赛。但他在跟姜戎的对谈中，我感觉到了他的某种情绪。在写这篇文字之前，我想跟姜戎先生联系，确认一些那次对谈时探讨过的细节。可惜，他太忙，我只跟张抗抗老师通上了电话，她转达了姜戎的意见，不想再谈这事。后来，有一位采访过葛浩文的编辑说，她问过葛浩文，怎么评价《狼图腾》的翻译，他说是出版社硬要他译的，是不愉快的经历。

陆敬思文章中对葛浩文的评价是："对我们来说，他的翻译'至高无上'，在某种意义上，它们实现了永恒而不可磨灭的语言成就，足以与原作比肩而立，改变了英语世界中国现代文学研究的版图，正是这些卷帙浩繁的译文才使得中国现代文学的教学和研究成为可能。"这些话从某个角度印证了前面马悦然提到的，翻译对非中文读者理解作品的影响，也印证了许子东说的在诺奖评奖中语言上的不平等。

会议准备了四位作家的作品和一些别的书，摆放在那里任取，我拿了一本英文版的 *Wolf Totem*，分别请姜戎和葛浩文签字留念。

2014 年

舒芜

　　因在胡风事件中扮演的角色，舒芜先生的身上烙上了抹不去的污点。在跟舒芜先生的交往中，我感觉到他非常寂寞，却又异常坚忍。我对舒芜先生一直心存感激，因为他关注、鼓励、支持和教导我从事编辑工作。然而，有一段时间，我却让先生有些失望，我没能体会先生处于"社会边缘"的隐痛和苦楚，死板地遵循着原则和传统。

　　我主持《随笔》后，第一期的稿荒，让我经历了从业以来头一次因为工作的压力而失眠。舒芜先生鼎力支持，连续赐稿。第一篇《牺牲的享与供》，因为被某报"抢去发表"，"不甘心这篇文章没有发挥应有的影响"，想破格在《随笔》发表。但首发在《随笔》是多年坚守的原则，而且读者也在监督，最终没有破例，先生表示理解。第二篇《圣女颂》，歌颂巴基斯坦一位受辱不屈的女性，2005年第三期登了出来。随后一篇《贾拒纳舒版本考》，涉及与贾植芳先生的一段恩怨，没有用，因为《随笔》希望尽量避免介入文坛恩怨。后来的一篇《恭读现代朱批》，仍然没有用。为什么？现在想来，似乎是在当时《随笔》语境下的一种选择。最要命的是，我当时用很笨拙的方式回复，说写得"个性化了"，希望先生写些谈古典的文章。

　　先生回信说："不个性化的谈古典，我不知道怎么谈法。"先生给朱正老师的信"我的隔膜"中，将不满一泻而出："我原以为此类题材，与《随笔》较为适合，今知他们要出这样的纪念专号，那就一切明白，

所以我只配去谈谈古典，而我懵然，似乎还想跻身进入光荣的胡风分子之列，真是太隔膜了。"

当时，我刚到《随笔》，对杂志的历史、传统、作者队伍都还处在一个了解熟悉的过程中，为努力避免因稿件涉及的人和事而起的麻烦，在拿捏分寸的过程中，会偏紧一些。我请先生谈古典，也还是有私心的，因为我特别喜欢先生的这类文章，也避开了敏感的事件。但"他（舒芜）似乎早就超越了对己身苦运的恩恩怨怨式的打量，而是将目光探入到对一种文化命题的深切的关怀里"。这是孙郁兄的评论，应该说是客观公允的。翻看我手中的《周作人概观》《串味读书》《我思，谁在？》《回归五四》等等舒芜先生的著作，不难得出这样的结论。

舒芜先生并没有原谅他自己的那段历史，对此也有深刻的反省。在《〈回归"五四"〉后序》中他沉痛地说："由我的《关于胡风的宗派主义》，一改再改三改而成了《关于胡风反革命集团的一些材料》，虽非我始料所及，但它导致了那样一大冤狱，那么多人受到迫害，妻离子散，家破人亡，乃至失智发狂，各式惨死，其中包括了我青年时期几乎全部的好友，特别是一贯挈我掖我教我望我的胡风，我对他们的苦难，有我应负的一份沉重的责任。"他表示，要"向历史把这份沉重的责任永远铭记下来"。

若有第二次机会，我会比较好地处理先生的稿件而不致让先生那么受伤……多亏恩师朱正老师默默地帮我缓和化解，那封信之后，舒芜先生仍然给我们赐稿。

跟舒芜先生有十多年的交往，接触舒芜先生的文字就更早了。20世纪80年代中后期，朱正老师主编的《骆驼丛书》，其中有舒芜先生所著之《毋忘草》和《周作人概观》两种。后一本讨论周作人这么一个复杂、矛盾、问题成堆的人物，在当时多少还有些敏感，周作人作品选集的出版还多少有些遮遮掩掩，但这篇东西为我打开了走入周作人领域的一扇窗。

初次拜访舒芜先生是想约他写自传。在跟朱正老师的频繁讨教中，他建议我请舒芜先生写一本自传或口述自传。他说："后世研究我们这一时代的思想史或者思想斗争史的时候，都不能不遇到舒芜这个名字。"大概是1997年，朱正老师领我去皂君庙73号舒芜先生的寓所拜访，知道了盯上他的自传的不只我们，已经有人捷足先登了。后来跟朱正老师一起策划编一套《思想者文库》，舒芜先生的一本列入第一辑，出版时排在第一位。我在《思想者文库》的一篇宣传文字中这么写道："舒芜是这套丛书所收作者中最抢眼的人物。因为他在胡风案中所起的作用，导致了极其严重的后果。但做人与作文不能等量齐观。放眼世界，培根、歌德、海德格尔等不为文坛学界所弃，那么在谈到舒芜的作品时，也不该引入道德的标尺。"因为编辑《我思，谁在？》，跟舒芜先生有了比较多的通信和往来，之后便是不断地请教、叨扰。

当时，市面上舒芜先生的书并不多，我手头仅有一本《周作人概观》，知道《书趣文丛》中有一本《串味读书》，一直没买到。认识了舒芜先生，便厚着脸皮索要了。舒先生马上将手头唯一的一本相赠，收到后我很过意不去，但还是很高兴，一直视为珍藏。其所以珍贵，首先，它是1995年10月的初版本；其次，这个初版是1996年蓝英年先生购买后请作者签名时，舒芜先生用手头的第二次印刷本换来的；再次，舒芜先生在上面留下了前后得而复赠的两次题词；最后，这是先生的一个工作文本，里面有先生的批改和编辑痕迹。

1998年，我起意编一套"现代作家作品丛书"。当我把大作家小文集的想法请教舒芜先生时，他建议用"大家小集"之名，可以说是画龙点睛。我给舒芜先生写信，请他出马编选《周作人集》。先生很有兴趣，回信道，"《大家小集》的计划，很有意思，知堂一种，当然不可少。我近来身体不好，头昏，相当厉害，久停写作。但此题我倒是有兴趣的"，"我目前的身体状况，只能在选目上多考虑；至于简注、题解、插图等等，要找有实力的中年人合作"。很快，先生来信，告知邀了合作伙伴，并提出了编选要考虑的几个问题："1. 著作权。知堂遗属，我从无联系，只与周丰一先生通过一次信。现在丰一、丰三先生皆已去世……但听说丰一先生之夫人张菼芳一向在家中主事，可以找她洽谈，其地址为……2. 稿酬。……3. 期限。要求何时交稿？打算何时出版？是否《大家小集》一套同时推出？ 4. 其他。体例、原则、要求、办法……是否有更详细的文件？乞见示。"按舒芜先生提供的地址写信联系版权，一直没得回音，一年之后，版权的事迟迟没有落实（这之后又过了几个月，得机会登门拜访张菼芳女士，获得授权）。

2001 年元月，先生收到我寄去的《鲁迅集》，甚为夸赞："初步翻阅，首先是插图非常吸引人。……很多不习见的，特别是范爱农、王金发的两张，真是珍贵……"同时表示不想担任《周作人集》主编了。"一则身体不好，做不了什么具体工作；二则他们家属大概不同意，他们对我可能有意见的。一方面有人指责我要替周作人翻案，另一方面我曾力驳周作人出任伪职是受中共地下组织策动之说，又引起周作人家属和亲周作人者的不满，说起来也有趣。"先生做学问的执着与人际关系的尴尬在短短的文字中表露无遗，可体味先生内心的苦楚和无奈。

大概就在这个时候，我和邹靖华经多年努力，组织翻译、编辑的《昆虫记》全译本出版，送了一套给舒芜先生。信先收到，而书迟了近一周。先生收到书后给我的回信，可见其兴奋之情："接奉 3 月 27 日大函，知惠赠《昆虫记》已寄出，高兴之极。但一连五六日，未见到，正在疑虑是不是出了问题，要不要发信问一下，今天下午便收到皇皇十大本。我立刻想，前天还得到一位与我同龄人的讣告，如果上帝把我换了他，我便看不到这十本大书了，凭这一点，我就要感谢上帝了。当然， 您就是上帝这个意旨的执行者，请接受我的感谢！"同时对书提出了具体建议："缺少一篇前言或后记，介绍此书过去有周作人鼓吹，有谁谁选译过，以及鲁迅如何在许多年中不倦地陆续邮购，如何在逝世前不久还计划与周作人合译等等情况。我以为，与书有关的这些历史文化信息，介绍出来很有好处。您以为如何？"

这些我们都有过考虑，但当时有三家出版单位都宣称在赶译并声称会马上出版，因此所有的注意力都放在尽快出书上。现在书已出，舒芜先生的意见正中下怀，为此我拜访了舒芜先生，一是请教，一是想请他出马宣传。他表示，看完全书，或可写一篇介绍。回来后，我将那次拜访时，他谈到的关于《昆虫记》的一些记忆写进了宣传文章《昆虫的诱惑》。但舒芜先生希望的《昆虫记》在中国近八十年的传播史我迟迟没动手做，感觉找材料困难。舒芜先生知道后，将他查检的鲁迅书账中关于购买《昆虫记》的记载抄录了寄给我。我知道，舒芜先生是以这种方式在推动我，要我完成这个工作。也是机缘巧合，随后的一次出差北京，因中途接到几天后在京参加另一个会议的通知，因而有了几天的空闲，遂去北京图书馆、北大图书馆和三联韬奋图书中心查找资料，同时，许多关心此事的先生们也给予支持，如沈昌文先生寄来了台湾相关出版信息的剪报，等等。如此我终于写成《〈昆虫记〉汉译小史》，在《读书》上发表。两年后，在修订出版的《昆虫记》中，邹啧华写了一篇《昆虫的史诗》作前言放在第一卷，我的这篇文字作为附录收入第十卷末尾。

舒芜先生身体一直不好，邮件的疏密、有无，成为一个风向标，从他的邮件中，我不仅获取了大量的社会文化信息，同时也知道了先生的身体状况。每当有一段时间收不到信，心里就紧张，而重新收到邮件，总是大大松了一口气。

在拜访舒芜先生时，多次给他拍过照片：要么笑容满面，这是朋友相聚的开怀一刻；要么冷峻严肃，显出了寂寞和伤痛。在我，更愿意看到先生放松的神情和开怀的笑容，这才是承认历史而又面对现实、拿得起放得下的样子。

2012 年 11 月

翟永明

    2005 年元月份在北京，与张柠兄聊起在《随笔》现有作者之外，再发展一批国内有实力的作者时，谈到了成都，谈到了白夜酒吧，那里是成都文人的一个聚点，也是全国甚至外国文人聚会的地方；酒吧的主人是翟永明，以诗著称，是有思想的诗人。2005 年 3 月，到成都去参加一个会议，当然要拜访成都的作者，钟洁玲约了洁尘在顺兴老茶馆喝下午茶；聊得开心，又邀一起吃晚饭。洁尘主动问，还想见什么人，于是记起了张柠兄的推荐。

    约定的聚餐地点：小天餐馆。在去餐馆的路上，洁尘说翟永明是个大美人，青春永驻。她十六岁时就认识翟永明了，到现在（近二十年了吧），还是那么年轻漂亮。作家何大草在我们之前已经到了。不久，翟永明到了。上身一袭黑色的毛衣，下身为短裙；胸前挂一长串绿松石项链，腰间一根宽大的装饰皮带穿过一个巨大的银灰色金属环扣指向左上方，呈反 Y 字形。头发大概是新款，几位女士夸赞之余，她自称为"叫花头"。在我看来，这身装束颇为前卫。翟永明的声音有些沙哑，性格随和而腼腆。她在我的对面坐下，趁菜还没上，隔着桌子就给她拍了几张，直视镜头的一张特别好。

    饭桌上谈到了薛涛，这也许是来成都的文人无法避免的话题：这位曾"左右"成都政坛的女子，有很多可说道的故事。翟永明对她颇感兴趣，谈话间，我约她以薛涛为题为《随笔》写一篇，她似乎不置可否。

晚上告别时，翟永明悄悄问，大概多少字？看来是决定写了。《随笔》文字的理想长度是三千至六千字，字数太少了难深入，多了读起来累，我建议她在这个范围内发挥。

吃完饭，洁尘似乎意犹未尽，或者是白夜酒吧是文友来蓉的必选项目，领着我们一桌人奔"白夜"而去。"白夜"坐落在成都的玉林西路。"白夜前面，是一个扇面路口，路的右边，是一条窄街。"这是翟永明《以白夜为坐标》一文的开场白。诗人何小竹在那里等我们，后来又来了三四个诗人，大家围着一张长条桌喝酒聊天。我在刚才的饭桌上已经跟翟永明谈得比较充分了，去白夜酒吧无非是想感受一下成都文化圈的气氛；同时，心里也有一个小九九，在她自己的酒吧，在那种氛围里，给翟永明拍几张有现场感的照片。看了一下环境，选定以吧台为背景，用吧台的现场光与闪光灯混合光源，24毫米的定焦镜头，用测光表计算好背景的曝光时间，一切准备就绪。翟永明进酒吧后，一直跟一个大概是记者的小伙子在谈什么，我请她过来坐好，一口气拍了五六张。照片出来后，发现实际操作时，出现了一点点偏差，右眼下方的三角形光区破位，对女士本来就生硬的直射光，这时显得更加硬，这一次的尝试，对我来说，技术上相对复杂，以后给《随笔》作者拍摄时，再也没有使用过，除个别情况下会用闪光灯反射墙面或天花板，基本上只用现场光了。

那天我的心思一直在拍照上，拍完上一组照片后，又把相机装在三脚架上，用几种速度拍了几张，想将现场的环境和气氛记录下来。照片冲出来后，有一张效果较好，物理空间静止不动，现场人物处在一种流动的状态，定格了"白夜"一个短短时间段的场景。准备告辞时，大家都觉得大半天的交谈，似乎不能就此画上句号，于是又来了一轮各种组合的合影。其中一个组合三美图：翟永明、洁尘、钟洁玲的合影，颇有些意思。

翟永明的文章发在2006年第六期。文题是《飘零叶送往来风》。

她的文字对《随笔》来说，带有一种清新的风格：

> 世人都爱薛涛与元稹的唱和诗，我独爱她的《筹边楼》，"平临云鸟八窗秋，壮压西川十四州"，何等的开阔视野，岂是一般"乐伎"的胸襟！想来这正是因为她多年在幕府进出，且得以与地方官员议事，又曾被罚至松州偏远之地的原因，使得她身上具有一般深居闺阁的良家女子所没有的壮志和霸气。
>
> 虽没有能过上良家妇女的婚姻生活，但薛涛的一生却比她们丰富多彩有意思得多。

在基本上是刚性紧张的《随笔》风格里，她的文字注入了新的因子，柔软而富于情感，却不乏思想的硬度。可惜，她此后没再给《随笔》写过稿。

2014 年 2 月

缪　哲

　　新世纪前后的五六年时间里，缪哲赋闲在家，"闲得发慌"时，看几页闲书，译两三段文章。就在这闲中，出了几本好的译著。他不是英语科班出身，也不研究什么翻译理论，更无名师指点，对翻译只有朴素的看法：得不得体。他的译作《塞耳彭自然史》《钓客清话》、《瓮葬》《美洲三书》等都是上品。

　　我们的交往一开始是从"古典"开始的。1992 年元月我收到缪哲的一封信，他在信中说："去年写信给何（兆武）先生，求他帮我找一家出版社接受我的一部译稿 *The Compleat Angler*……何先生回信让我与您联系……只是我不敢对这本书抱什么希望，何先生在信中已有过'预警'：'古典书没有行市。'""喜欢'古典'的人越来越少，所以有时只能'空抱后时之悲'。"

　　我在接受大学教育的一开始就被希腊罗马史俘虏，由此也爱上了吉本这位 18 世纪的英国史学家。后来我知道这也是缪哲的至爱。这大概也说明了我们为什么声气相投。我们的相识、相惜、相知便是从这么一封信开始的。很多年后，他写了一副对联送我："结友幸识管夷吾，刻书最爱卢抱经。"不妨看作我们友谊的一个记录。

　　我不记得回信写了什么，从他的第二封信看，大概是我对他的信作了积极的回应。他自报家门："我在北大本来是学中文的，在 1986 年毕业时，一位美国同学留赠给我一大批西方传统人文类的书，因想看看

能不能懂，所以才下了点功夫学外文。后来兴趣'愈演愈烈'，一发不可收，几乎忘了自己只是个半路出家的人。"他对学外语的实用之风很不以为然，斥之太过实用，追求速成，"决不是欣赏另一种语言的美丽，或通过它进入另一个民族的精神"。

他的 *The Compleat Angler* 几节试译稿的确让人吃惊：书名曾由杨周翰先生译为《垂钓全书》，但缪哲以为无论就书名还是内容都不妥帖，易使人望文生义，当成垂钓的技术指南，他译的书名为《完美的钓鱼人——或名沉思者的消遣》。一个跟我年龄相仿的年轻人，译文如此的典雅老到，那文字的贴切和准确，让我有了读吕叔湘先生翻译的《伊坦·弗洛美》对照本时的感觉，虽然后者是小说。这部译稿当时没能在湖南出版社出版成为我的心病，试译稿和原书我一直留着并带到了广东。

1995 年我到花城出版社后，抓差让缪哲重译过《鲁滨逊漂流记》。这事现在想来都有些好玩。他对此事并没兴趣。开始约稿时，他问：已经有了译本了，重译干吗？ 译完，他写信道："《漂流记》译稿呈上。弟平素不大喜读小说，所以译起来也没什么兴致，不好是肯定的了。译文中大错可能没有，小错却不敢说。"很多年后，他似乎完全忘记了曾干过这么一件事。

从他翻译的书目看，都是十七八世纪的，为什么，他在《好书无秘密》一文中说了出来："还有本于我关系很大的书，就是杨周翰先生的《十七世纪英国文学》……这一本书，却激起了我对十七世纪英国文学的好奇，后又波连于十八世纪。先是文学性的书，后及于历史。"而国内漏译的英国的书以这一段最多。

为了翻译出版古典图书，我们俩折腾了好多年。这里摘 1996 年他写给我的讨论此事的两封信，可见他的博学和用心：

　　兄此套书的宗旨，弟以为甚有见地。传统意义上的散文实在是不足取。所以凡有风格而非讲故事的 Prose，一般来说都是可以考虑的。但侧重点应该是那些有思想、有感受、有笔法的文字。弟唯以为 10 万～15 万字一册篇幅过小，因为所选作品中有许多是会有完整的 work，而不仅是 miscellanies，所以，如果强定字数，怕割裂原作，甚至不得不舍弃。……如 Boswell 的 Johnson 传，弟以为是非选不可的。而且要全译本，而此书译出怕有 60 万字之巨。至于第一辑所选作品，弟想及的有下列数种：17 century 的有 R. Burton 的《解剖》……Thomas Browne 的 *Religion Medici* 和 *Urn-Burial*……另 Milton 的散文也可选一册……其余 17 世纪文字，可补入以后几辑。18 century 当然应首选 Johnson 传，但如上所言，部头过大，不知有无法子想。余如 Spectator（可选一册），Dr. Johnson 的也可选一册（从 *Lives of Poets, Rambler*，词典序言），Dryden 的 *Dramatic Essay* 也很有名，但弟没有读过，仅读过一两篇，所以不敢妄言。另有 Edmund Burke，他最著名的当然是关于 French Revolution 的一束书札，不过他的其他书札也很漂亮，还有一些演讲和 Essay……19 世纪此类作品较多，如 Lamb、Keats 的书信均是好文字。Coleridge 的 *Biographia Literaria* 也甚有价值，John Ruskin 的 *The Stone of Venice* 也很好……19 世纪尚有 Macaulay，弟读他的书较多，England 史不必说，他的著名 Essays 都与历史有关，不知读者有无兴趣，但可以放在后几辑考虑。英国一时想到的就这些。其他文字弟所知不多，但弟最希望古罗马的一些文字能有人译出（如 Cicero 的）。传记中有意大利 Renaissance 后期的 Cellini 的 *Autobiographer*……最好能从意大利文译出。另前几年读 *New York Review of Books*，见 Flaubert 致 George Sand 的书信全集书评，从摘录的内容来看，甚好看，兄也可考虑一下。（广州邮戳：1996 年 7 月 22 日）

12、13 日信收悉。Religious Proses 弟未见过选本，前些年读

17 世纪时有所涉猎，这种文体也以 17 世纪为盛，如 John Donne、Jeremy Taylor 等，如选得好，定可观……我想这种选文一事，是"会者不难"的，只要找到合适的人，又有大量的资料可用，应该易办一些。至于名字，我想有两种办法，一是就此类体裁想一个，二是待选文出来后，再从选文中找一篇合适的，用其题作此书的标题（再加副题说明），而且弟倾向于后者。因为凭空想是很难的。海明威取用的 John Donne 的 *For Whom the Bell Tolls* 一类的标题，选文中当有许多，所以第二种办法既容易，且易见功，包括禅宗的选文亦可如此。空想的题，弟说不好，如选圣经典故（如"沙地之盐"之类），怕国人并不熟悉这些洋典，不易看出与 Christianity 有关系。（广州邮戳：1996 年 12 月 24 日）

前一封信谈经典作品，信手拈来，如数家珍；后一封信讨论的一是译者怎么找，选本怎么选，二是书名怎么定。这些多少可见我们在这套书上的梦想，这事折腾的结果是，《经典散文译丛》落定的第一部译稿是布朗的《瓮葬》。但现实是，这份书目最后大多没有实现，找不到译者是一大难点，另外，我们的计划是先将那些没有译介过的作品出版，待有些规模，再出版那些已有译本的名篇名作，而到后来一些作品在寻找译者的过程中，因过分偏执而无结果。

让人无可奈何的是，1998 年 4 月《瓮葬》的翻译近完成，却因他的大学同学搞了一套译丛，他来跟我商量。缪哲虽读圣贤书，却是颇有些江湖气的，朋友需帮忙，而我这边也还有选择余地。他提出为我们译 *Angler*，这是个愉快的提议。

1999 年 9 月缪哲来信谈译事，对他的工作进度和状态描述到："*Angler* 进展尚顺利。一般在下午和晚上十点前进行，每天可得600～1000 字。"2000 年 2 月缪哲寄来《瓮葬》。在信中，他写道："译书真是'遗憾的艺术'，见样书后，颇多不满意处。译得太紧张、太板滞了，稿子送出后即有此感，故在译《垂钓》时稍稍放松了些。但主要还是《垂钓》本身的调子轻缓，才有以致之。但完书后，不满意处恐怕有很多。……弟在译 John Donne 传，六月前全书可完成，这一次译书的经历，较前次愉快颇多。"2000 年 7 月，他来信，说："《垂钓全书》已完成，昨天下午刚打印出一份样稿，还有些小问题，我在样稿上校改一下。……Wotton 传终于没弄到。故只译了 Angler，Donne 的传和安德鲁郎为欧陆版的 Angler 作的导言，这样下来，已近 23 万～24 万字。"这里，书名怎么定，还没到议事日程上来，用的仍是杨周翰先生的旧译。 另一封信里，他对译文的风格特别做了说明："稿子因求简洁，故译得文了些，不大合通行的标准……弟自觉其他尚满意。"关于书名，推敲再三，最后选定了《钓客清话》。

那段时间，缪哲"颇落寞。因报社管理的问题，工作已无可为。终日在家看孩子，看几页闲书，心里有失业感，愈行消沉"。我们虽交往多年，却一直没有见过面，多次邀他南下广州，他也有过计划，总不能成，这时本来是好时候，但他却说："一切都提不起兴致来，想到出门就心烦，只想在家里猫着。"

缪哲是有个性、有江湖气的学人，合得来，则一切好办，合不来，则不作商量。落寞的原因，大概也是调侃捉弄不尊重领导，几位哥们干脆撂挑子不干了。这便是他《祸枣集》中所说的："在被人威胁夺下'五斗米'时，又'挂冠'而去，一道'回家再读书'了。"我正苦于《塞耳彭自然史》没合适的人译，心里也早想着等他译完手中的东西，试着让他接着译。看来也正是时候。他一口应承了下来。当然，还有一层原因，就是他对 17、18 世纪英国文学的好奇。

其实，这几年是缪哲丰收的年份，《瓮葬》和《钓客清话》出版，在读书界引起了关注。商务印书馆的编辑看到后，跟他联系，邀约他译鲍斯威尔的《约翰逊传》，因为跟我的约定在先，他提议译《威尼斯之石》，最后出版的是《美洲三书》（这是他这段时间的另一部译稿，应邀

翻译，还没译完对方毁约）。关于此事，他特别来信说明："我俗情不能免，不愿放过与这个大名头的出版社合作的机会，想兄可以理解的。但《约翰逊传》如贵社要出，我一定以吾兄的要求为先。"

我对《塞耳彭自然史》充满了期待。所以在寄书的同时，写了封信，问及译完需要多长的时间，《鲍斯威尔传》《罗马帝国衰亡史》如何计划等等。缪哲回信："*Selborne* 几时能译完，颇不易说，弟以为这种需要文风的书，没情绪不宜强译。事情容易说明，传达气氛则费斟酌。但我将争取快一些，看到书后再说吧……Boswell 的 Johnson 传和 Gibbon 的 *Decline and Fall*，是弟多年来一直在读，并有心一译的，这本书文风开张，很不容易传达。若要译，弟一定当一件大事来做，但需做情绪上的酝酿，文风上的准备，且时间不能赶急。多年来一直未敢动笔以此。"

缪哲从来没说过什么翻译理论，但对于译什么，怎么译，却有自己的看法。在他看来，翻译理论是翻译完之后理论家们总结出来的，对译者来说，重要的是能不能表现原作的风格。最近，我们在电话中谈及这事，他说："就是，翻译是很具体的事，只有译得得不得体的问题；好像杨绛有过类似的观点。她译的《堂吉诃德》从字面上来说，不如另外一个人准确，但看了她的译文，觉得那才是堂吉诃德。"最近读到黄裳译著的跋语："我没有什么关于翻译的一定的理论见解，只是一点经验，我当然相信信达雅的标准是重要的，前二字是不成问题的，我有兴趣的是这个雅字，我想这就是'风格'，凡是可流传下来的译作，都应有自己的风格。"缪哲的译作是有自己的风格的，正是可流传下去的本子了，我想。

除了风格之外，《塞耳彭自然史》还给他出了一个难题。"这书中最令我头痛的是名物的译法。其中有许多是我按一本讲拉丁文命名法的书生造的（因为查不到），所以我译稿中保留英文或拉丁文的部分，务必要留下来，以示'不敢自是'之意。"名物的处理，是翻译中的难点，记得当年我跟邹靖华一起组织《昆虫记》全译本的翻译，好几个译者看完书后，都打退堂鼓，原因是里面名物的翻译太难。第一版出来后，因为错误不少，马上请中科院的张广学院士组织一个班子审校。缪哲在名物的处理上，颇见功力和智慧，也反映出了他的严谨。

译者难找是一个难题。我从事译文编辑时间不少了，一开始是朝知名的去，当然难。有一次费了千辛万苦成功了，拿到的稿，却让人失望，有一种名实不符的失落感。找译者成为我的心病。这次经历让我在这套书的译者上下决心，不看名气，看译文，对照原文看。吴尔夫的《普通读者》列入丛书第一辑书目。我见到的翻译中，中国社科院外文所英美文学室主任黄梅女士翻译的两篇颇得吴氏的风韵，于是直接写信跟她约稿。我相信，我们这套书的译文质量，缪哲是一个标杆。为了加重约稿的分量，我随信寄了一册《钓客清话》。不久，接到回信。她在信中说，"翻了翻缪先生的《钓客清话》。未对照英文，只是凭对中译文的印象是的确出手不凡。其中的国语功力，非我等能及，令人起敬。"又说"能和缪先生等同列一套丛书虽是荣誉，我仍存不少疑虑"。尽管数了个一二三，但却不是断然拒绝，于是"乘胜追击"签下翻译合同。2003 年，《塞耳彭自然史》出版后，要参加全国的一个评奖。我请黄梅先生写推荐，很快得到回复："遵嘱写了一推荐。我找来英文本对读了几段，缪先生的译文准确度也是很高的。对译文的典雅，我本已很钦佩……推荐不长，但大体表达了我的想法。"

推荐文只有五百字左右，分四个自然段。其中第二段最长，对译文作了评价："该书的描写对象是作者家乡的自然环境，涉及山川形势、天文地理、花木虫鱼，专用词多，难于翻译。缪哲先生的译文却畅如行云流水而又相当准确贴切。可以说（总体上）达到了很高的境界，为译中上品。特别是译文文体古雅而不晦涩，宛然有《徐霞客游记》之风，得当地传达了原著的韵味。我个人所知有限，不敢称绝无仅有，但有把握说这是近两三年里最优秀的译作之一。"

但后面的故事却更加有趣，甚至是传奇。这之后不久，黄梅老师来电，要缪哲的联系电话。后来我才知道，她约缪哲到了北京。那天陆建德先生也在。黄梅问有没有想过来北京到外文所工作？而陆建德则跟他讨论了刚刚在商务出版的《美洲三书》，说柏克的东西难译，主要是他的文体、文气、雄辩很不好表现，而缪哲的这个译本处理得不错。黄梅又谈起了《塞耳彭自然史》的翻译。说译文大多很准，唯有一处译错，把该词 18 世纪的意思译成了现代的词义。又问他，家中是否有 *The Oxford Dictionary*。没有，需要时会去图书馆查阅。黄梅说，家里有一套闲置的，是 80 年代去美国考察时购置的，现在因为有了电子版的，没有人再用了。若不嫌重，可背回去用。

这故事，让我想起了古代宝剑赠英雄之类的传说。

我们还一起策划过一套知识读物，最初他建议用"闲书八品"，后来套用哈佛出版过的一套丛书，命名为"三尺书架"。这书我们反复讨论，丛书的总序也是他操刀写就。我们还一起到北京等地的版权代理机构看书选书，他却没再参与译过东西。他在自己的一篇文章中坦露，他做翻译是"颇以'传经'自诩，深感有益于人、有益于世"。但环境逼人，不得不寻求改变。缪哲此后先是读中国美术史的博士，再到清华大学读艺术史的博士后。然后，他在清华的导师方闻教授安排他到了浙江大学筹建博物馆，从此就陷入了他所称的"打杂"状态，读书写作的时间越来越少。我们隔一段时间通电话，每每问及翻译的事，特别是他计划翻译的两部大书，他总还是心有戚戚焉，虽满怀憧憬，但却说得等"痴儿了了公家事"。鲁迅说：无聊才读书。大概著译和读书都是需要时闲、神慌的，也就是所谓的寂寞吧。

收入的微薄和学术机构的歧视大概也是他无法尽心著译的原因。有一次，他借谈约翰逊博士的机会，发泄了一下心中的郁闷之气："盖译书之苦，虽与编字典差不多，但报酬之低，遭学术机构的蔑视（不算'成果'），却又甚于字典的编纂。乃知九泉之下，尚有天衢，秋荼之甘，或云如荠。写文章的人，不哀怜译者吃兔子料，却求为千里足！我怕天下的译者们脸皮薄，被人一数落，就潜心译书而至于饿死，或惹恼学校当权的诸公，连猢狲王的位子也保不住，便把约翰逊的旧事，翻出来说一说。并把他的话抄在底下，与天下的译者们共勉：我不怕你们骂，也不稀罕你们夸！"

不由得想起了今年元月见到赵丽雅（扬之水）老师，我无意中谈到自己现在是成天忙碌，很期望朋友缪哲描绘的境界，闲得发慌再读几页书。她有些吃惊，你认识缪哲？那可是典型的"坏小子"！当然是玩笑话，她最近出版的一本书《桑奇三塔》还请缪哲写序呢。也许这便是"坏小子"的本色了——不会循规蹈矩，也不会把怨愤闷在心里。

似乎还不过瘾，他又写了一篇东西，由古今中外译书人的待遇，说到现在的可怜，最后出粗话道："去他妈的吧，老子不干了！"

真希望"坏小子"不妨继续"坏"下去，而作为译者的缪哲却不要这么消失。

2013 年 7 月

薛忆沩

跟忆沩是二十多年的朋友，我们的联系却总是有些飘浮不定、不期而至。不论是来电话，或是见面都是如此。自从忆沩去加拿大后，我们的联系更多是通过电话。聊的内容无非两类，一类是他的阅读、写作以及国内学界文坛的情况，如现在国内的风气等，尽是观点，不见学问；另一类是有关孩子的话题，我们俩各有一儿，年龄相仿，所以教育成了共同话题。显然，打电话是他在辛勤读书和笔耕的间隙，关注国内动态、联络朋友、放松身心的重要方式。2011年年底，接到他的电话，说很快会出两本随笔集，一本是《文学的祖国》，以"书"为本，一本是《一个年代的副本》，以"人"为本。很为他高兴。我觉得，这两本书的源头应该就是他在《随笔》上发表的"随笔"。为了祝贺他的成绩，我在《南方都市报》上写了一篇《一种随笔的诞生》。

在我看来，他写"随笔"完全是偶然。他给《随笔》的这一组文字，跟当时《随笔》的思路想法有关：开辟一个海外阅读杂记的话题。现在想来，开辟海外阅读杂记的想法看似不错，做来却不容易，之后也难以为继。这一想法出来后，我试着给在加攻读的忆沩写信，谈了我们的想法，希望他能写写。这之前，忆沩似乎没有写过随笔，至少我没见过，他也从没谈过，他钟情小说创作，前有《遗弃》，后有《通往天堂的那最后一段路程》，中间还有无数的作品，他深入的哲学思考和流畅的文学叙事在作品中有完美的呈现。但我知道，他日常生活就是阅

读（涉及了英文和法文图书的广泛领域），这也是为什么我会想到邀约他为我们写点东西的原因。忆沩很爽快答应了，但动手给我们写，却是将近两年以后了。2007年全年，《随笔》每期登了一篇忆沩的阅读杂记，按《随笔》的一贯作风，是不设专栏的，这组文字，成了没有专栏名的专栏。忆沩的这批作品有一个聚焦的过程。一开始，他的方向并不明确：谈谈著名的"OED"（《牛津英语字典》），谈谈一点都不出名的《凯若斯》（刘小枫编撰《古希腊语文教程》）。不过从这些精致的"散打"，已经可以看到忆沩随笔风格清晰、优雅。接着，忆沩谈起了格瓦拉的《玻利维亚日记》，这是他开始转向"政治"的标志。从这一期开始，薛忆沩的随笔开始引人注目。格瓦拉是到访过中国又对中国读者有影响的"明星"。不过我觉得，在写作关于他的这篇美文时，忆沩依然还沉浸在自己的阅读快感之中。接下来，忆沩写起了赛珍珠。直到这篇《"大地"的回报》，忆沩的随笔才开始聚焦于与中国密切相关的人和事。他在异域的文献里寻找祖国历史的真相。《一个瞬间的两张照片》的焦距更为准确：它要还原中国文化人都很熟悉的萧伯纳在上海留下的著名照片。我们都熟悉的那张照片其实并非原样：没有资格与"国母"（宋庆龄）和"旗手"（鲁迅）相提并论的"托派分子"（伊罗生）和"反动文人"（林语堂）已被从中删除。在忆沩看来"被篡改的历史无疑也是一种历史，甚至是一种更深的历史。因为被篡改的历史更深化了我们对历史的感觉和认识"。接下来，忆沩谈的是韩素音的第二十三本书（这本原名为《长子》的书的中文节本名为《周恩来和他的时代》），在这篇题为《耐人寻味的芝麻》的随笔里，忆沩称这本书"讲述的历史和讲述历史的方式"并无新意，但里面透露的很多细节（那些字里行间散布的"芝麻"）却"往往耐人寻味，有特殊的口感"。忆沩这一组文章的最后一篇题为《"专门利人"的孤独》，成为这一组随笔中最有分量也最具影响的一篇。这篇以白求恩个人文献的结集《激情的政治》（1998年多伦多大学出版社出版）为基础的随笔，将一个被中国人顶礼膜拜了半个世纪的偶像还原为了有血有肉的个体。这篇随笔的用意是"让读者穿过时间的烟尘和历史的迷雾去惊叹一个伟大的生命不同凡响的孤独和不可思议的激情"。

2012年6月7日近中午时分，我在办公室接到一个电话，问有没有空，"薛忆沩老师到了《花城》编辑部"。正好手上的事刚刚忙完，马上上楼。那天他穿一件无领深色汗衫，第一眼看去，憔悴而消瘦，竟有苦行僧的感觉。他对物质的要求不高，吃什么穿什么都不在意，但对思想和文字却有着近乎狂热的追求。记得有一年来广州，晚上留宿我家。第二天一大早，我走出卧室，看到他坐在阳台上看书。我问，怎么这么早？他答，习惯了。可见阅读不仅是一种习惯，已经成为生活的一部分。现在这消瘦和憔悴带给我的强烈感觉，让我忽然有了一种冲动，要记录下来。马上跑回办公室，借了一台照相机上来。忆沩回国是为几本书的出版做活动，在上海、北京和广州都有。坐下来没聊几句，他不停地借办公室的电话打，联络安排各种事情。到了午饭时间，他起身告辞。我陪着一起出来，邀他到我办公室坐坐。他说一去《花城》杂志编辑部，就说了中午要赴约，其实是怕他们午餐请客，既破费又耽搁时间。于是，我在饭堂打了两份饭，在办公室边吃边聊。饭后，又重新给他拍了一组照片。

还是在他去加拿大之前来花城出版社时，我给他拍过一组照片：平头，健硕，帅气，谈笑风生。这一组照片，他在很多地方用过。后来，我觉得，那似乎不像忆沩，太唯美，缺少深度。所以这次的拍摄，虽是期待已久，却又全然出于偶然。现在拍的这一组照片，里面有不少形象英俊、笑容可掬，但都不是我这次见到他时第一眼的感觉，也不是近年他留给我的印象：那种经年发奋苦读苦写、衣带渐宽的状态。照片整理出来后，只给他发去两张。并告诉了他我比较喜欢哪一张。他回信说正好方所的演讲需要照片，让我发一张过去，就用我喜欢的这一张，只是对照片上方留出的太多空白提出了疑问。我以为这个留白提供了某种暗示，他的精神生活需要充足的自由空间。之后，忆沩又来信，让我将另一张照片发给北京的一个朋友，另一场活动要用。大概他还是不喜欢我中意的那一张。这就是摄影师和被摄者永远的矛盾，通常被摄者总是希望光彩亮丽的一面，而摄影师却看重自己对人物的理解。

2012 年 11 月 1 日

跋

在稿件杀青，送交出版时，觉得还有些话想说，特别是由此勾起的一些记忆，让我颇感慨。

比如本书出发的原点"镜头"。读高中时（20世纪70年代末），家里终于有了一台飞利浦的黑白电视。看过的节目大多无印象了，现在记得的只有一个画面：一个英俊少年将小巧的照相机（后来我才知道，那是一架135mm单镜头反光照相机）装在三脚架上聚精会神地拍摄螳螂，拍一张，转一张片，流畅简洁，一气呵成。于是啥时候能拥有一架，成了我的人生梦想。读大学时，才偶尔有机会借同学的相机拍拍照，借系里学生会的暗房设备冲晒。母亲知道了我的兴趣，省吃俭用积攒了一笔钱，有一天忽然拿出两百元让我买相机，于是我拥有了一架凤凰205。当时，我们两兄妹都在上学，母亲教小学，工作繁重、家务繁杂，家境并不宽裕，超负荷运转，积劳成疾、疾病缠身，可对我们的关注却从来没有停驻，并总是以一种看似不经意的方式，满足我们的兴趣，促成我们的梦想。不久前，我曾打电话，跟她提起这事，问是怎么做到的，回答只有淡淡的一句："不记得了。"犬子南南三岁时，有客人问：奶奶是干什么的？他脱口而出："奶奶是保护爷爷的！"以他孩童的直觉，道出了我母亲勤劳善良、克己持家的性格特点。母亲从来没有自己，只有丈夫、儿女、学生、亲友，她是家的守护者，她就是家！在本书出版之际，首先要感谢母亲！

相比之下父亲要威严得多。从小的学习，是他在抓。比如，英语学习，父亲不仅设法借来卡式录音机，让我们能用上先进的设备学英语，还披挂上阵自己教（他曾教过一年初中英语），又领我去湖南师大外语系杨卓老师家，我语音的一点点功夫，就是一口纯正伦敦音的杨老师一遍一遍让我大声朗读 The night, the moon, and the star 练出来的。父亲还注意培养兴趣爱好：乒乓球，最辉煌的经历是我被吸收进入湖南师大附小代表队，虽然只有短短一年的时间；绘画，父亲带着我去求师，像湖南师大艺术系的殷宝康老师、蔡德林老师等等，还领着我看望他的初中老师、时为湖南艺术学院副院长、湖南师范学院图书馆副馆长周达先生，让我观看他现场写字、作画。父亲收藏的我当年的静物素描、人物素描，现在拿出来看，还真让我有点吃惊当时自己下的功夫。严父的形象以妹妹的评价"笑面虎"最传神！

还要感谢夫人。自学校相识，我文字的第一读者始终是她。这本书开始写作，完全是摸着石头过河，不少篇几乎踏空，是她的鼓励，让我坚持下来。缪哲、金炳亮、苏福忠等读了我最初拿出的稿子后，提出了中肯的意见：缪哲说，"细节要有适当的选择，有一些我们可能很有兴趣，但读者会觉得啰唆，还是抓关键点，抓反映性格的细节"；金炳亮说，"文字的长短不妨灵活些，不要设限制，长者上万也无妨，短的几百字也精彩"；苏福忠说，"不用顾忌那么多，人做事情，实话实说、真事真做，是最有底气的，也是比较省麻烦的方法"。他们没有客套的夸赞，而是推心置腹的建议，使我受益匪浅。感谢朱大可，是他最早建议我写作影像札记并结集出版，鼓起了我的写作勇气。还要感谢吴彬、邓琼、蒋楚婷，他们收到我最初的几篇文字后，及时给予肯定并热心推荐，朱自奋、刘炜茗、陈桥生、帅彦、刘小磊、李庆西、聂乐和、邱晓兰、张若雪等，给我机会开专栏、上版面，使这组文字能陆续见诸报刊。

还要感谢……想当年，我不知深浅，接受《随笔》主编一职，朱正先生领我在北京走访作者，组织聚会，短时间内联系上了北京的核心作者队伍；吴彬、朱大可、李静、张柠、向继东等等倾力推荐作者，使林达、徐贲、羽戈、唐小兵等一批有实力的青壮年作者进入《随笔》作者圈；社长肖建国的支持，编辑部麦婵、海帆等的全力配合，使我顺利完成了角色转换，使杂志度过了作者队伍青黄不接的调整期，保持了刊物的风格，并尝试有所突破。

感谢所有支持、关注、鼓励过我的人，谢谢！

2015 年元月 4 日